MW01705357

Les Éditions du Boréal
4447, rue Saint-Denis
Montréal (Québec) H2J 2L2
www.editionsboreal.qc.ca

L'OMBRE LÉGÈRE

DU MÊME AUTEUR

AUX ÉDITIONS DU BORÉAL

ROMANS

À voix basse
Les Choses d'un jour
Courir à sa perte
De l'autre côté du pont
La Fleur aux dents
La Fuite immobile
Les Maladresses du cœur
Parlons de moi
Les Pins parasols
Le Tendre Matin
La Vie à trois
Le Voyageur distrait
Un homme plein d'enfance

NOUVELLES

Comme une panthère noire
De si douces dérives
Enfances lointaines
L'Obsédante Obèse et autres agressions
Tu ne me dis jamais que je suis belle

RÉCIT

Un après-midi de septembre

CHRONIQUES

Chroniques matinales
Dernières chroniques matinales
Nouvelles chroniques matinales
Les Plaisirs de la mélancolie
Le Regard oblique

CHEZ D'AUTRES ÉDITEURS

Stupeurs, proses
Le Tricycle suivi de *Bud Cole Blues*, textes dramatiques
Une suprême discrétion, roman

Gilles Archambault

L'OMBRE LÉGÈRE

nouvelles

Boréal

Les Éditions du Boréal reconnaissent l'aide financière du gouvernement du Canada par l'entremise du Programme d'aide au développement de l'industrie de l'édition (PADIÉ) pour ses activités d'édition et remercient le Conseil des Arts du Canada pour son soutien financier.

Les Éditions du Boréal sont inscrites au Programme d'aide aux entreprises du livre et de l'édition spécialisée de la SODEC et bénéficient du Programme de crédit d'impôt pour l'édition de livres du gouvernement du Québec.

© Les Éditions du Boréal 2006
Dépôt légal : 1er trimestre 2006
Bibliothèque nationale du Québec

Diffusion au Canada : Dimedia
Diffusion et distribution en Europe : Volumen

Catalogage avant publication de Bibliothèque et Archives Canada

Archambault, Gilles, 1933-

L'Ombre légère

ISBN 2-7646-0451-3

I. Titre.

PS8501.R35042 2006 C843'.54 C2006-940007-5

PS9501.R35042 2006

Mes chers amis, quand je mourrai
Plantez un saule au cimetière

. . . .

Et son ombre sera légère
À la terre où je dormirai.

MUSSET

Le bonheur

Lucas marche à grandes enjambées. Il court plutôt. Est-ce marcher que d'être porté à ce point par l'espoir ? Il vole. Ses lèvres esquissent un sourire. Il est rayonnant.

Il a eu dix-neuf ans hier. Le jour même où il apprenait qu'il participerait à une compétition olympique dont il rêve depuis longtemps.

Il a toujours aimé nager. La maison de ses parents est située près d'un cours d'eau. C'est toutefois dans la piscine familiale qu'il a plongé la première fois. Depuis, combien de séances d'entraînement, combien de répétitions des mêmes gestes !

Cette nouvelle l'a transporté. Car il n'espérait plus. On lui préférait Tommy, un Manitobain d'un an son cadet et qui paraissait avoir les faveurs de l'entraîneur.

Le temps n'existe plus pour Lucas. Tout entier au présent, il entrevoit l'avenir comme une longue période extensible à l'infini. Plutôt que de téléphoner à Chloé, il a préféré la surprendre à la sortie de l'hôtel. Étudiante en techniques de gestion hôtelière, elle occupe cet été un poste de réceptionniste dans un Sheraton.

Chloé lui a dit, il y a trois jours, qu'il perdait son temps à s'entraîner si assidûment. Selon elle, il valait mieux étudier. Étudier ? Il ne retient rien. Ce n'est pas faute de ne pas avoir essayé. Deux fois recalé à l'examen d'entrée des Hautes Études Commerciales. Une idée de son père. Rien d'étonnant à ce qu'il ait échoué. Ses notes ont toujours été faibles.

Son domaine, c'est le sport. Le plaisir indicible qu'il a toujours ressenti à fendre l'eau de ses bras vigoureux ! Il domine son corps, il faut voir ses muscles, que des exercices répétés lui ont permis de développer. Depuis quelques mois, il ne porte plus que des marcels, qui mettent en valeur ses biceps.

Il ne s'en vante jamais devant ses amis qu'à mots couverts, mais il se trouve bien fait, son torse sculpté, ses épaules fortement accentuées. À son avis, son visage non plus n'est pas mal. Ce n'est pas sans raison que Chloé s'extasie sur ses yeux si vifs, d'un bleu acier qui parfois vire au gris anthracite.

Il a marché si rapidement qu'il est déjà devant la bibliothèque municipale. Il y a quelques années encore, il s'y rendait pour emprunter des albums de bandes dessinées. Ce passé lui semble lointain. Il ne lit plus. Il préfère les jeux électroniques. Là encore, il se lasse rapidement. À part nager, au fond, à quoi s'occupe-t-il ? Si ce n'était de Chloé, irait-il danser ? N'est-ce pas pour lui faire plaisir qu'il l'accompagne dans des salles où sévit un bruit assourdissant et où l'on risque à tout moment de heurter un autre danseur ? Il danse mal, il doit bien l'admettre, mais puisqu'il n'a pas besoin de ce prétexte pour regarder Chloé dans les yeux et la caresser, quel intérêt vraiment !

Après la bibliothèque — un immeuble décati qui doit

bien avoir cinquante ans —, il y aura la caserne des pompiers, l'hôtel de ville, puis un hôtel où une fille superbe l'accueillera, épanouie, resplendissante.

Il s'arrête. Au moins quinze minutes à tuer. Chloé n'aime pas qu'il se présente avant le moment qui marque la fin de son quart de travail. Elle est très à cheval sur les consignes. Les filles sont comme ça. Comme si elles craignaient des sanctions. Pas comme lui. Si les entraîneurs l'ont maintenant à la bonne, c'est qu'il a su les mater. Il estime qu'il n'est jamais souhaitable de plier l'échine. Si son père n'est que petit fonctionnaire, c'est qu'il a accepté d'obéir. Il faut obliger les gens à vous respecter. La preuve? On l'a finalement préféré à Tommy parce que ce dernier n'était qu'un béni-oui-oui.

Lucas ne voit pas qu'une vieille tout à côté de lui parvient à peine à porter son cabas. Il n'est pas méchant, il l'aurait volontiers aidée, mais il est dans les nuages. Le malheur, il ignore ce que c'est. Mais heureux à ce point, il ne l'a jamais été. Il ne sait pas que dans la bibliothèque, qu'il ne regarde même plus, reposent des livres qui racontent mieux qu'il ne le ferait, vivrait-il trois cents ans, le plaisir et la peine qu'il y a de vivre.

Quand Chloé essaie de l'intéresser à ses lectures, il détourne l'attention. La réflexion, le rêve, la poésie, rien de tout cela ne l'intéresse. Il lui faut bouger. Ses ambitions, ses projections dans l'avenir, il les conçoit à une telle rapidité et avec une telle plénitude que jamais écrivain, fût-il immensément doué, ne parviendra à les décrire.

Voyez-le! Il n'a pu rester immobile plus de trois minutes devant l'hôtel de ville. Encore s'y est-il obligé, ayant vu que deux jeunes femmes en montaient les marches, faisant balancer finement leurs hanches dans un mouvement qui le fascinait.

La caserne des pompiers. Encore treize minutes à attendre. Non, douze, onze même. Il faut ralentir le pas. Sinon, gare aux remontrances de Chloé ! Quand elle se fâche, son front se rétrécit, elle s'empourpre, ses yeux deviennent plus perçants. Ce qu'elle peut être magnifique, alors ! Pas une raison pour abuser.

Chloé, il le redoute, est de celles qui pourraient lui signifier son congé pour un oui ou pour un non. Trois fois déjà, elle l'a boudé pendant deux semaines. Il a même craint la dernière fois qu'elle ne disparaisse à jamais de sa vie. Mais c'était avant la nouvelle qu'il lui apprendra. Tout est changé désormais.

Un jeune pompier est en train d'astiquer un long camion à échelles. Il n'aura de cesse qu'il ne l'ait fait briller. Comme moi, pense Lucas, il ne se contente pas de l'à-peu-près. Un perfectionniste. Il faut être perfectionniste. Il s'est entraîné jusqu'à la limite de ses forces. Il a eu la constance qu'il fallait, il a fait preuve d'entêtement. Si seulement cet homme portait le même soin à l'entretien de son corps. Mais non, voyez ce ventre qui pend, ces chairs adipeuses. Il doit se soûler à la bière au bar de danseuses nues de la rue Principale. Lucas n'y a jamais mis les pieds. Les danseuses nues, c'est pour les vieux.

Un camion rentre à la caserne à vive allure. Comme s'il y avait urgence. Ces gens ont l'habitude de la vitesse. Comme moi, pense Lucas. Il rapporte tout à lui. Chloé lui en fait parfois le reproche. Il a oublié que, enfant, il aurait aimé devenir pompier. Rendre service, être un héros, porter un uniforme.

Il a choisi une autre route vers la gloire. Il sait déjà qu'il y aura, pour commencer, de longues semaines d'entraînement intensif en Colombie-Britannique, puis un voyage à Tokyo. Il se voit déjà monter sur tous les podiums du monde au son d'un hymne national dont il connaît les paroles par cœur, une médaille en or à son cou.

L'hôtel n'est pas loin. Il s'arrête. C'est dans cet hôtel qu'on organisera un jour une fête à son intention. Ses parents pleureront de joie, ses amis le regarderont avec envie et peut-être un peu de fierté. Chloé sera plus belle que jamais, aidant sa mère à escalader les marches qui mènent à la tribune d'honneur. Même le maire, personnage nettement déplaisant, parfaitement ridicule avec sa moustache de carnaval, paraîtra ému et déclarera que les réalisations sportives de Lucas ont procuré à ses concitoyens des raisons de l'admirer. Une raison pour le porter en triomphe dans les rues de la ville.

Lucas ne peut pas penser que les années filent à une vitesse foudroyante et que les instants qu'il connaît depuis hier ne se répéteront peut-être pas. Il en est empêché, il n'a pas l'habitude de la méditation.

Et puis ce jour de juin est si beau. Il y a dans l'air un tel souffle de liberté qu'il serait malséant de réfléchir.

Lucas croit avoir aperçu Chloé à la porte de l'hôtel. Il hâte le pas. Il n'a pas vu qu'une auto fonce vers lui, une auto dont la conductrice est aveuglée par le soleil.

Il ne pourra donc jamais apprendre que Chloé a quitté la ville la veille en compagnie de Luc. Se souvenait-il seulement de ce gringalet à lunettes qui publie des poèmes dans de petites revues confidentielles et qui enseigne la littérature dans un collège du nord de Montréal ?

Mortalités

Il fallait qu'Olivier tienne beaucoup à l'amitié de cet homme pour qu'il se rende à la cérémonie mortuaire. On ne sait jamais ce qui fait qu'on distingue un être parmi tant d'autres. Une sorte de glissement s'est produit. Il peut même arriver qu'au premier abord cette personne vous ait paru indifférente, voire hostile.

Petit à petit toutefois vous vous êtes aperçu que cet échalas vous était proche. Des discours sur l'amitié, en avez-vous assez entendu, mielleux, insignifiants, mensongers. Vous n'avez pourtant pas tardé à vous apercevoir que cette fois l'occasion était à saisir. Comme si jamais plus on ne vous ferait signe. L'ami a parfois des idées opposées aux vôtres. Avez-vous déjà eu des idées ? Ne s'agit-il pas plutôt d'inclinations passagères, de lubies qui vous visitent un jour ou deux pour ne jamais plus réapparaître ?

Olivier dit « mon ami », il dit « cher Martin », comme s'il avait des droits sur lui. Depuis qu'il a découvert en Martin des failles qui ressemblent aux siennes, il en vient même à oublier qu'il est différent de son ami en une multitude de choses. En amitié, il ne faut jamais creuser.

Enfin, c'est ce qui importe, Martin pratique l'art de la confession pudique. Il avance un mot ou deux, paraît disposé à laisser tomber un masque. Il lui arrive aussi de se réfugier dans un silence obstiné. Que savent-ils l'un de l'autre ? L'essentiel peut-être, mais est-ce bien sûr ? À peine peuvent-ils deviner quelques points névralgiques, éviter de causer à l'autre des blessures supplémentaires.

Olivier sait par exemple que son ami adore sa fille et qu'il serait prêt à donner sa vie pour qu'elle soit heureuse. La cinquantaine passée, ils ne croient ni l'un ni l'autre aux lendemains qui chantent. Ils craignent la vieillesse et parlent de moins en moins de la mort qui vient.

Tout à l'heure, à l'entrée du salon funéraire, l'ami lui a serré la main avec un peu plus de fermeté qu'à l'accoutumée. À ses côtés, sa femme qu'il connaît à peine, sa fille qu'il découvrait. D'autres invités arrivaient, Martin les a accueillis avec une aisance qu'il ne lui connaissait pas. De toute manière, ce n'était pas le lieu idéal pour entamer une conversation. Ou plus justement pour continuer leur dernière rencontre. On murmure des débuts de phrases, on s'ouvre à l'autre pour quelques instants, on craint d'ennuyer, on se tait. L'ami n'est pas lui-même aujourd'hui. Comment le demeurer dans le voisinage de la mort ?

Martin paraît transformé, va de l'un à l'autre, échange de nombreuses poignées de mains, embrasse des joues. Que reste-t-il de l'homme qui, ces derniers temps, se plaignait de la trop lente agonie de son père ? Ce dernier s'était montré insupportable, injuste, odieux même.

Il ne reste plus du vieil homme que l'urne qu'on a déposée à côté de sa photo. Le cadre n'est pas de très bonne qualité, mais le visage est amène. Un sourire à peine dessiné, des yeux immenses. « Il paraît que je lui ressemble », dit Martin en passant près de lui.

De nouveaux arrivants. Plutôt démonstratifs. L'ami paraît embêté. La cérémonie commencera bientôt. Par la baie vitrée, Olivier s'aperçoit que le vent s'est levé. Quelques arbres, des érables à ce qu'il semble, se mettent à s'agiter, des feuilles tombent.

Trois petites filles, d'à peine quatre ou cinq ans, se mettent à sautiller non loin de l'urne. Une femme vêtue de noir se penche vers elles et leur rappelle qu'il faut être sages.

Pendant que l'ami s'approche de la petite tribune en compagnie d'un religieux fort âgé, Olivier se met à penser à ce qu'avaient pu être les premières années du mort. Avait-il eu le temps d'apprendre à vivre ? Le temps de connaître le prix que nous font payer nos illusions ?

L'homélie va débuter. Martin comprendra qu'il doit quitter. À moins qu'il ne soit passé à une autre étape de sa vie. Les amis, il le sait, ne nous accompagnent que pour un bout de chemin. Les petites filles paraissent inconsolables. Pourquoi doivent-elles cesser de s'amuser ?

L'ombre légère

L'infirmière vient tout juste de quitter la chambre. Son patient ne passera pas la nuit. Elle ignore que William est saxophoniste de jazz. Aussi n'a-t-elle pas pu s'expliquer le geste qu'il esquissait, celui d'élever à bout de bras ce qui aurait pu être le Selmer qu'il a promené un peu partout dans le monde depuis une trentaine d'années. L'aurait-elle su, la Gaspésienne, qu'elle n'aurait pas été impressionnée outre mesure. La musique ne lui dit rien, surtout le jazz, qu'elle associe à un tintamarre.

William réussit à se redresser. Son dos lui fait de plus en plus mal. Le soluté qu'on s'obstine à lui administrer lui semble bien inutile. Tout à l'heure, son fils lui a fait entendre à l'aide de son baladeur trois morceaux de Lester Young. William l'a remercié d'un sourire, puis au bout d'une dizaine de minutes il a écarté les écouteurs. Même cette musique qui l'a bercé pendant tant d'années l'ennuyait. Mais à peine son fils a-t-il pris congé qu'il s'est mis à regretter de ne pas avoir davantage prêté attention à la musique. Pour l'émotion qu'il détectait dans les yeux de l'autre. Quel âge a-t-il donc ? Dix-neuf, vingt ans.

Si William avait su qu'il mourrait au petit matin, n'aurait-il pas cherché à mieux camoufler sa douleur ? À ce qu'il paraît, du moins c'est la Gaspésienne qui le lui a dit, il répète souvent dans ses rêves le prénom de son fils. Cyrille, c'est lui qu'il réclame dans certains délires.

William n'a pas joué depuis au moins six mois. Les derniers temps, il avait le souffle court, les idées ne lui venaient pas aisément, il avait raccourci la durée de ses solos, mais rien n'y faisait. Les gens applaudissaient, ils applaudissent toujours, mais il savait, lui, qu'il était en porte-à-faux. Les standards dont il avait fait sa nourriture quotidienne, les interprétant dans tous les contextes et de toutes les manières, lui devenaient étrangers. Les exposés du thème, les codas lui semblaient souvent aussi prévisibles que les paroles la plupart du temps mièvres qui les accompagnaient.

L'année dernière, il a joué pendant le service funèbre d'un homme d'affaires qui avait souhaité qu'on lui rende un dernier hommage en musique. Sa veuve était en larmes, affirmant que William avait été sublime dans ce *Stardust* que son mari appréciait plus que tout. C'est au son de cette pièce qu'elle et lui avaient dansé la première fois. William savait qu'il avait raté au moins deux accords, qu'il avait commis deux couacs et qu'il n'aurait jamais dû accepter l'engagement. Du reste, il n'avait pas joué *Stardust*. Ce morceau lui rappelait une mésaventure amoureuse. La veuve avait tout gobé. À sa mort, s'était-il alors dit, il ne souhaiterait pas qu'on fasse appel au jazz. Si on tenait à un service funéraire, qu'on se contente d'une cérémonie laïque vite expédiée. Le crématorium au plus tôt et qu'on ne se donne surtout pas la peine de répandre ses cendres dans un paysage aimé.

Lorsque, tout à l'heure, Lester jouait un blues très lent —, était-ce *Blue Lester* ? —, William s'était senti ému aux larmes, puis tout aussi rapidement il était passé à la douleur dorsale qui ne le quittait plus. Son fils l'avait compris. Pauvre Cyrille qui s'était mis à le taquiner au sujet du jazz ! William avait tenté de se mettre à sa place. Que dire à un agonisant qui paraisse convaincant ? Le jeune homme n'a pas trente ans. Mais qu'est-ce qu'il croit ? Il vient d'avoir vingt ans. Le 8 octobre. C'est ça, le 8, à moins que ce ne soit le 10. Son père, Cyrille ne le connaît pas tellement. Toujours en tournée, directeur musical ces dernières années d'un spectacle axé sur la chanson américaine des années cinquante. La tâche de William, écrire des arrangements, accompagner surtout une chanteuse dont il ne supportait ni le talent ni le caractère. Sa vie, il l'avait à peine gagnée en multipliant les accommodements. Une pitoyable existence d'amuseur, moyennement rétribuée. Et la vie amoureuse dans tout ça ? Échec par-dessus échec, des liaisons suivies de moments de solitude souvent insupportables. La mère de Cyrille ? Une pauvre fille qui à l'heure qu'il est doit croupir dans une clinique psychiatrique. Pendant quelques années, William lui a rendu visite tous les mois, puis il s'est lassé. Le Selmer, c'est elle qui le lui a offert. Il se serait volontiers contenté du Yamaha qu'il avait acheté d'occasion à New York, mais elle avait insisté. Un petit héritage à la mort de son père. Bernadette avait bon cœur. Les heures supplémentaires qu'elle avait dû faire à son étude d'avocats pour réunir la somme, car l'héritage ne suffisait pas. Et lui ne songeait qu'à partir, se faisant accroire qu'il finirait un jour par devenir un musicien qui compte. Cyrille n'a pas vu sa mère depuis au moins deux ans. William, qui n'a plus supporté d'entendre ses déclarations d'amour ni de voir ses yeux illuminés, ne songe plus à elle depuis longtemps. Est-elle décédée ? Il n'a pas osé s'en informer. Téléphoner à la clinique ? Il craint qu'on ne l'identifie. Depuis qu'il avait donné la réplique à des chanteuses dans des émissions télévisées, il arrivait qu'on le reconnaisse dans la rue.

Il y a trois autres patients dans la chambre de William. Au fond, un vieil Irlandais qui ne cesse de jurer. Parfois, il crie. Il en a contre une femme prénommée Carla. En face, un jeune étudiant qui en est à son deuxième pontage. Tout à côté, un lit que personne n'occupe depuis trois jours. Le dernier patient à s'y trouver est mort dans la nuit de jeudi. Les infirmières s'étaient affairées, impossible de dormir. L'Irlandais se lamentait. Comment pouvait-il guérir dans ces conditions ?

William ne souffre plus, l'effet des calmants sans doute. La voix de Cyrille lui revient comme un leitmotiv. « Tu vas t'en sortir, je le sais, je le sais. » William se répète ces mots. Même s'il les sait trompeurs, il aime les retrouver. On est toujours gentil avec les agonisants, mais il n'est pas possible qu'on atteigne à tant de douceur. « J'ai de la chance d'avoir un fils comme lui. Je ne le mérite pas. Je l'ai tellement négligé. Je suis un salaud. »

Sans crier gare, il lui arrive de penser à la mort. Si Cyrille est resté si longtemps aujourd'hui, c'est qu'il croit que son père n'en a pas pour très longtemps. Souvent dans sa vie, William a repoussé l'idée de la mort. En parlait-on devant lui, il fuyait. Le trou noir, le néant, dont il faudrait bien s'occuper un jour, il en repoussait l'idée.

Cinquante-deux ans, disait le jeune étudiant à qui

William parlait parfois, ce n'est pas bien vieux. Le pense-t-il vraiment? William n'oublie pas que lorsqu'il avait vingt ans, il estimait que les quinquagénaires n'étaient bons qu'à mettre au rebut. L'étudiant est sans doute plus humain que lui, il a un peu la voix de Cyrille. Hier, il a dit à William qu'il ne s'attendait pas à vivre au-delà de sa trentième année.

L'Irlandais s'est mis à chanter. Une voix éraillée. Un fumeur comme moi, pense William. Pas mauvaise malgré tout, la voix. Mais qu'est-ce qu'il chante? Une chanson de Frank Sinatra. *Strangers in the Night*, le clou du dernier spectacle auquel William a participé. Mieux encore, il l'avait inscrite à son répertoire, à l'époque où il avait formé son quatuor. 1976 ou 78, il ne sait plus. C'était quand même la belle époque. Il travaillait à la radio, donnait des cours dans un cégep, les rentrées d'argent étaient raisonnables. Mais il oublie Bernadette. Elle commençait déjà à l'inquiéter. Le bonheur, c'était plutôt en 72. Cette année-là, il a rencontré Bernadette. Fille de médecin, belle à ravir, ses manières raffinées intimidaient bien un peu le fils d'ouvrier qu'il était, mais il avait cru posséder la clé de tous les bonheurs. C'est Bernadette qui l'a présenté à un imprésario qui l'a mis en contact avec une vedette du moment. Du jour au lendemain, ses revenus ont quadruplé. Du sentiment de trahison qu'il éprouvait à jouer une musique insignifiante à son goût, à s'éloigner du jazz pour lequel jusqu'alors il avait tout sacrifié, il n'était bientôt plus rien resté. Quand il croisait dans la rue un musicien qui était demeuré fidèle à ce qu'il considérait être de la musique et non un prétexte à un amusement de basse qualité, William se sentait gêné.

L'Irlandais s'est tu. Une infirmière, la petite Haïtienne que William aime bien, lui apporte sa portion de pilules. Le vieux maugrée. Pourvu qu'il ne l'agonisse pas d'injures comme il le fait souvent. William supporte mal qu'on se montre indélicat envers les infirmières.

Il fait un mouvement pour modifier sa position une fois de plus. Son oreiller a glissé. Va-t-il réussir à le retenir ? Une douleur plus lancinante qu'à l'accoutumée l'assaille. Il pense à son fils, croit chantonner *Strangers in the Night,* air qu'il a toujours détesté. Quand l'infirmière se penche sur lui, elle sait déjà qu'il est mort.

Projets

De prime abord, l'idée n'avait pas tellement souri à Éric. Inquiet de nature, il n'avançait dans la vie qu'à petits pas. En revanche, Édith croyait d'instinct que le meilleur était toujours à venir.

Ils venaient d'entrer dans la trentaine. Depuis quelques mois, elle n'avait qu'une idée en tête : convaincre son mari d'acheter un appartement dans le centre-ville. Ils en avaient amplement les moyens, croyait-elle. À peine leur suffirait-il d'aller moins souvent au restaurant, de s'abstenir de s'abonner à des saisons théâtrales et de remettre à plus tard un voyage en Australie.

Ce dimanche après-midi de septembre, ils ont profité du beau temps pour visiter une tour d'habitation en voie de construction. À ce moment précis, ils sont penchés sur une maquette. Édith est radieuse. Elle sait déjà où elle placerait les quelques meubles qu'ils ont accumulés au cours de cinq années de vie commune. Il faudrait aussi faire l'acquisition de mobilier supplémentaire. Les étagères, elle les voit en bois de teck, la cuisinière et le réfrigérateur en inox. Elle va de la maquette à la cuisine témoin, déplorant l'absence de précisions quant à la chambre à coucher et la salle de séjour.

Éric regarde sans voir. Non, vraiment, il ne croit pas opportun d'investir tant d'argent. Un argent qu'ils n'ont pas. Édith se relève péniblement d'une fausse couche, elle ne reprendra son travail d'avocate que dans deux mois. Encore n'est-elle même pas sûre qu'on n'a pas comblé son poste. Et lui, qui pourrait jurer qu'en janvier il ne sera pas muté à Toronto ?

Édith est en beauté. Son teint hâlé, ses petits seins légèrement dénudés, ses longues jambes, son sourire épanoui surtout. Il fallait voir tout à l'heure l'employé rire de la moindre de ses réparties, la dévorer des yeux. Les taux hypothécaires sont bas, insistait-il, c'est le moment de plonger. Dans deux ou trois ans, l'appartement vaudrait le double de son prix d'achat. Édith gobait tout. Éric doit bien l'avouer, elle l'agace aujourd'hui. Pourquoi tient-elle tellement à ce qu'ils s'engagent dans cette voie ? Se serrer la ceinture pendant cinq ans au moins, pourquoi ? Impressionner leurs amis ? Les plus à l'aise d'entre eux ne s'apercevraient même pas de leur nouveau décor, les autres ne cesseraient pas pour autant de leur apprendre qu'ils partaient pour la Provence ou pour une croisière sur le Nil.

Éric n'a jamais été audacieux. L'avenir, il le craint. Comment réagir autrement ? N'est-il pas question de licenciements éventuels à la boîte de communication qui l'engage depuis un an à peine ? Édith se moque de ses angoisses. Éric finira bien par ouvrir sa propre agence, répète-t-elle à l'envi. Il en a les capacités. Si seulement il avait confiance en lui.

— Tu vois, mon chéri, avec des mensualités à peine plus élevées que celles que nous acquittons maintenant, nous pourrions vivre dans un cadre différent. Notre appartement est laid. Il est petit, mal éclairé. Alors qu'ici, nous aurions une vue imprenable sur la ville. Tu as entendu ce que le vendeur a dit ?

Il se retient de répliquer que le panorama en question se limite à un parking à ciel ouvert et aux ruines d'une chapelle incendiée. Il y a aussi la pizzeria, la boutique de souvenirs, des horreurs.

— Tu ne dis rien ?

— Excuse-moi, j'étais distrait.

Éric craint plus que tout au monde de mécontenter Édith. Leur couple a connu plusieurs ratés. Trois fois déjà, ils se sont séparés pour plus d'une semaine. Édith a un cœur d'or, elle est très soupe au lait, s'emporte pour un tout ou pour un rien, s'épuise à le complimenter sans arrêt, mais elle a des accès de colère qu'il ne voit jamais venir. Chaque fois, il en est atterré.

— L'appartement est bien orienté, tu as vu ? Il est spacieux. Nous aurons chacun notre coin. Le séjour est vaste, nous pourrons recevoir à notre aise.

Recevoir qui ? Leurs amis sont clairsemés. Éric n'oublie pas que bien peu acceptent leurs invitations. Encore moins leur proposent-ils des sorties en commun. Ils doivent juger que je suis ennuyeux, pense-t-il.

— Marjorie sera morte d'envie. Elle cessera de nous casser les pieds avec son *penthouse* défraîchi ! Je la retiens, celle-là !

— Tu penses vraiment qu'il est important de lui faire envie ?

Édith relève la tête d'un coup sec. Un signe d'agacement. Éric regrette déjà d'avoir parlé. S'il avait réfléchi un peu, il se serait souvenu que Pierre, le mari de Marjorie, a flirté avec Édith l'an dernier au cours d'un vernissage. Où donc a-t-il la tête ? Comment a-t-il pu oublier qu'il a fait une scène de jalousie à la merveilleuse femme qui l'ennuie avec ses projets d'appartement ?

— Tu ne devrais pas dire ça ! lance-t-elle. Marjorie est ma meilleure amie. La seule qui me reste au fond. Tu m'as éloignée de toutes les autres. Quant à Pierre, il faudra bien que tu te fasses une raison, je trouve qu'il est très bien. Je tiens à eux, tu comprends ça ?

Éric sent qu'il perd pied. Ce dimanche après-midi marquera le début d'une autre de leurs querelles.

— Tu le sais bien, mon cœur, je ne pensais pas un mot de ce que j'ai dit. Nous les inviterons samedi prochain si tu veux.

— Pour que tu leur fasses la gueule comme la dernière fois ? Merci bien. Voilà une autre journée de gâchée. C'est plus fort que toi, il faut que tu sois désagréable. Sortons d'ici au plus tôt !

Le vendeur, un petit gros à moustache, tente de se défaire d'une vieille dame qui, Éric l'a entendue, cherche à s'informer des délais prévus pour la construction. Peine perdue, Édith court déjà vers la sortie, suivie d'Éric qui peine à la rattraper.

Éric a dû me raconter cette anecdote une dizaine de fois. Il habite seul depuis six mois l'appartement qu'Édith a tellement convoité. Le départ de sa femme l'a laissé inconsolable. Leur histoire a beau être compliquée, il l'évoque comme on évoque un état idyllique.

Ce soir, il m'a invité. Pour me parler d'Édith, bien entendu. Parce que je suis son aîné d'une dizaine d'années, il me prête une expérience que je n'ai pas. L'appartement garde des traces de la présence d'Édith. Trop de bibelots sûrement, mais elle les a choisis avec goût, des tentures un peu lourdes qui ne cadrent pas bien avec l'allure autrement postmoderne du décor.

— Édith est quand même une fille extraordinaire, commence Éric. Tu sais qu'elle vient de remporter une cause importante. L'affaire de ce Marocain dont je t'ai parlé, tu te souviens ?

— Vaguement.

— On croyait pourtant que c'était une cause perdue. Elle s'est rendue à Rabat, a interrogé des tas de gens. Dire que ça aurait pu marcher entre nous.

À condition qu'il continue de céder. Comme je ne suis pas venu chez lui pour l'accabler, je me tais. Que vais-je trouver à lui dire ? Il n'est que huit heures. Son travail lui pue au nez. Il vient de dénicher une autre boîte d'informatique. Il rechigne déjà. L'actualité ? Elle l'indiffère. J'ai bien tenté de lui glisser quelques mots sur cette Diane avec qui je l'ai vu il y a quelques jours. En pure perte. Il la trouve idiote.

— Je peux te l'avouer, j'ai tout fait pour revoir Édith. Je lui ai proposé un déjeuner. Une petite rencontre au restaurant que nous fréquentions. Elle n'a même pas répondu au courriel que je lui ai fait parvenir. Le téléphone, pas question. Je me bute toujours à son répondeur. Te moqueras-tu si je te dis que je compose son numéro pour le simple plaisir d'entendre sa voix.

Mais alors, comment a-t-il su qu'elle a décroché le gros lot, qu'elle compte parmi les avocats en vue de Montréal ?

— Les journaux en ont parlé.

Je ne lis pas les journaux. Mais qu'est-ce qui m'a pris d'accepter son invitation ? Que puis-je lui dire qui le calmerait ? Cet appartement l'a ruiné. Je le soupçonne même de se priver de nourriture quand arrivent les fins de mois. Bien sûr, j'exagère. Il n'en reste pas moins qu'il ne sort pratiquement plus, qu'il n'achète plus que des vins de qualité moyenne, qu'aucun livre nouveau n'entre chez lui depuis des mois. J'ai plusieurs fois tenté de le persuader de mettre son appartement en vente, il ne veut rien entendre. Il aime vivre avec le souvenir d'Édith. Il croit même qu'elle lui reviendra. Il vient tout juste de l'affirmer. Avec une naïveté qui n'appartient qu'à lui. J'aimerais pouvoir lui dire qu'Édith est partie pour toujours. Qu'il soit inconsolable, je le conçois aisément. Elle est superbe. Il n'est que de la voir évoluer dans un cocktail, souriant à droite et à gauche, rire d'un rire de gorge comme le font les comédiennes au théâtre de boulevard, pour se dire qu'elle joue constamment.

Éric est fasciné. Comme je le suis. Depuis une semaine, je propose moi aussi des rendez-vous à Édith. Si tout va bien, elle viendra à mon chalet au mont Orford le week-end prochain. Je sais qu'elle me fera souffrir. Il ne pourrait en être autrement. Pour moi, aimer veut dire souffrir. Toutes les femmes qui m'ont fasciné ont eu sur moi d'étranges pouvoirs.

— Elle vit seule à présent. C'est du moins ce qu'il me semble. Je n'arrive pourtant pas à le croire. Comment une femme si extraordinaire peut-elle être délaissée ?

Il me jette un regard désespéré. Il est clair qu'il s'attend que je l'aide. Mon frère, je ne peux rien pour toi. Pas plus que tu ne me viendras en aide quand dans un an ou deux je t'inviterai chez moi pour te parler d'elle. J'imagine déjà nos conversations. Aura-t-elle seulement réussi à me faire acheter un appartement ?

Les espérances

Je vous ai vue dans un temps où je ne connaissais de la vie que ses espérances.

CUSTINE

Je croyais ne jamais revoir Mireille. Je l'avais connue dans ma jeune vingtaine. À une époque où je me doutais à peine de ce qu'elle pourrait apporter dans ma vie. Lorsque beaucoup plus tard j'ai lu une phrase de Cioran — « Devant cette présence séraphique, n'importe quel homme a l'air d'un boucher » —, j'ai su qu'elle s'appliquait à nous.

Je ne suis pas de ceux qui allumeraient un lampion devant la photo de leur bien-aimée ou qui peuvent attendre longtemps qu'elle se jette dans leurs bras. De ce qui aurait pu être une passion envahissante, je n'avais conservé que le vague souvenir d'un éblouissement. Un souvenir que les années avaient atténué. Je suis trop lucide, trop tiède peut-être, pour céder à des illuminations de ce genre. Je me serais vu allumer le lampion en question, je me serais moqué de ma bêtise. Il n'empêche que jamais depuis trente ans je n'ai pu m'approcher d'une femme, l'aimer même, sans songer à Mireille.

J'étais dans la salle d'attente d'un médecin. Depuis quelques années, je fréquente assidûment ce genre d'endroit. Pourtant on ne me trouve rien. Mes malaises seraient d'ordre psychologique. Je n'en disconviens pas. Bientôt, on me dira que l'âge est en cause. Selon toute vraisemblance, je deviendrai un vieillard atrabilaire.

Je jetais un coup d'œil distrait sur un magazine féminin périmé. Est-ce ma faute si un enfant s'était emparé du *Nouvel Observateur*? Le numéro traitait des problèmes de la ménopause chez les femmes de carrière libérale et des postes qui s'ouvraient aux diplômées des écoles spécialisées en techniques policières. C'est plus fort que moi, je lis tout ce qui me tombe sous les yeux.

La porte du médecin s'ouvrit. Mireille apparut. Elle eut un moment de surprise. M'avait-elle aperçu ? Je le crus un moment. Puis, comme elle ouvrait son sac au milieu de la pièce, je vis qu'elle cherchait quelque chose. Déjà à l'époque, ses sacs fourmillaient d'articles inutiles. Elle disait : « Je n'ai pas d'ordre, je le sais, je m'en fous ! » Elle croyait souvent avoir égaré un document, un porte-monnaie, un peigne, un carnet d'épargne. Cette fois, c'était une ordonnance. Elle parut rassurée, referma son sac. Allait-elle se diriger vers la sortie ? Devais-je me lever ? Allait-elle me reconnaître ? Après tout, le boucher, c'était moi. Elle alla plutôt vers le pupitre de la réceptionniste. Cette dernière, une pimbêche qui me battait froid, jouait à être occupée. Penchée sur son ordinateur, elle ne levait même pas les yeux.

Je me suis approché. Nul doute, c'était bien Mireille.

Elle se tourna vers moi, me sourit. J'ai dû paraître intimidé. Comme à l'époque. « Il y a si longtemps ! » dit-elle avant de s'adresser à la préposée, qui lui lança un regard ennuyé.

Cinq minutes plus tard, nous nous retrouvions sur le trottoir de la rue Drummond.

— Et ton rendez-vous ? me demanda-t-elle.

— Il attendra.

Pour dire vrai, je ne comprenais pas tout à fait ce qui m'arrivait. À onze heures du matin, au milieu de passants affairés, je me trouvais en présence d'une révélation. La modération n'est pas mon fort. Pourtant, cette fois, j'avais raison d'être bouleversé.

— Et si on prenait un café ?

C'est elle qui l'a proposé. Nous étions attablés devant un cappuccino. Je préfère le déca, mais j'avais décidé de l'imiter.

— Nous sommes demeurés quinze ans à Londres. Puis il a été nommé à Dublin. Je ne l'ai pas suivi. J'étais amoureuse à l'époque, amoureuse d'un Milanais. J'aimais la ville, pas sa famille.

J'ai dit que je trouvais Milan triste. Mireille a évoqué Stendhal. Habituellement, les femmes ne prisent pas tellement cet écrivain. Elle le lisait même à vingt ans. Elle m'avait fait découvrir *Lucien Leuwen.* Au fait, quel âge pouvait-elle avoir ? Un an de moins que moi, cinquante et un ans, donc. Paraît-elle son âge ? Je ne sais pas. Je ne me pose même pas la question. Que reste-t-il de la beauté qui m'a ébloui ? Tout, probablement. Ce ne sont pas les ridules que j'ai détectées au coin de ses yeux qui m'empêcheront d'être bouleversé. Je pourrais à cet instant allumer un lampion devant sa photo. Ce ne serait pas le geste le plus idiot de ma vie.

— Et toi ?

Je ne sais que répondre. J'avance que j'ai aimé moi aussi. Mais j'ai peu voyagé. Depuis cinq ans, je vis avec une femme qui me comble.

— Donc, tu es heureux ?

— On peut dire.

— Tu ne changes pas !

Elle ajoute que je suis trop distrait pour m'apercevoir des chances de bonheur qui me sont offertes. Elle a raison, je le concède volontiers.

— Tu as raison, je ne change pas. Pas de quoi en être tellement fier, du reste. Tout juste si je m'aperçois que je vieillis. Parfois, j'en suis terrorisé.

Elle hésite, dit que vieillir est la seule réalité. Le reste compte peu. Pourtant, on n'est pas tellement bavard à ce propos. On fait semblant.

— Je peux te demander si tu vis avec quelqu'un ?

La vie sentimentale de Mireille ne me regarde en rien, mais le ton de la conversation m'autorise à une certaine indiscrétion.

— Oui, je vis avec quelqu'un. Quelqu'un de très bien. C'est le Milanais dont je te parlais tout à l'heure. Ce n'est plus le grand amour, évidemment. Mais nous nous faisons du bien. Nous sommes tendres l'un pour l'autre.

— L'important, tu ne trouves pas ? consiste à avoir connu pendant quelques mois dans sa vie des moments d'égarement total. Tu sais, je me dis parfois que nous aurions pu, toi et moi, devenir amoureux. Il m'est arrivé de le croire, il y a de cela fort longtemps, évidemment, mais cette pensée revient. Nous étions jeunes.

— Tu te souviens, tu voulais écrire.

— Si je me souviens ! Un autre de mes rêves. Je ne lis même plus. Quand même un peu, j'exagère, mais ce n'est rien à côté de ma ferveur d'alors. Je m'imaginais que je pourrais vivre une seconde vie, une vie imaginée. Il faut croire que je n'étais pas doué.

Elle me dit que je ne dois pas m'en vouloir. Ne rêvait-elle pas de devenir comédienne ? Avais-je oublié qu'elle prenait des cours d'une Française qui habitait près du parc La Fontaine ?

— Nous vivions dans l'espérance alors. Étions-nous plus heureux ? Ce n'est pas sûr.

J'abonde dans son sens. Je sais trop bien que sans le désir on est irrémédiablement vieux. Nous avons tous les deux dépassé la période des espérances. Nous nous survivons. Pouvons-nous nous revoir ? Elle me répond que de son côté ce serait difficile. Je n'insiste pas. Son conjoint est peut-être ombrageux. Je l'ai tellement été à certaines périodes de ma vie qu'il serait injuste de le blâmer.

— J'ai beaucoup aimé te revoir, dit-elle.

Elle se lève, me donne la main, attrape son sac par la bandoulière. Je fais mine de l'aider, mais je suis tout entier à ma déception. Impossible d'en douter, je ne la reverrai plus. Il ne faut pas compter sur les répétitions du hasard. Et puis, elle a raison, nous ne sommes plus à l'époque des espérances.

Haine

Il y a longtemps que je ne déteste plus personne. À l'adolescence, j'ai haï mon père. Profondément. Je l'aurais volontiers tué pour peu que j'en aie eu l'occasion. De quelle façon ? Je l'ignorais. Il était plus costaud que moi, un mètre quatre-vingt-dix, tout en muscles. Il était boucher de profession. Je lui trouvais un air bestial. Il était normal qu'il travaille dans un abattoir. Pourtant, les photos jaunies que j'ai conservées de lui indiqueraient plutôt qu'il était un homme doux. Il a immanquablement un sourire timide, comme s'il ne supportait pas de fixer l'objectif. Il me regarde souvent avec un air protecteur. La plupart du temps, il m'enserre. Comme s'il m'aimait, comme si j'étais sa possession. Il aimait posséder. Sa femme, son fils.

J'ai mis des années à comprendre qu'il était lui aussi un angoissé. Ma mère m'a souvent dit qu'il était insomniaque, qu'il se couchait tard et se levait aux aurores. Qu'il ait mal dormi ou non, le gros porc, cela changeait-il quelque chose à la terreur qu'il exerçait à mon endroit ? Aucun doute dans mon esprit, il était mauvais père. D'ailleurs, existait-il de « bons » pères ? Certains de mes amis me vantaient le leur, allaient à la pêche ou à la plage avec lui. Je ne cherchais qu'à éviter le mien.

Un jour qu'il avait bu, ce qui ne lui arrivait qu'à la période des fêtes de fin d'année, j'avais aidé maman à le mettre au lit. Nous étions à peine parvenus à le conduire à la chambre qu'il s'était mis à vomir. Pendant que ma mère lui tendait un bol, je n'avais d'yeux que pour sa bouche lippue. Cet homme dégobillant, au sommet de sa vulgarité, c'était mon père. Si seulement il s'était contenté de dégueuler, mais non, il insultait ma mère, lui reprochant l'achat d'une jupe ou d'une robe, je ne me souviens plus exactement. Elle balbutiait des excuses, répétait « pauvre Paul-Émile », en lui humectant les lèvres. Ce que j'aurais aimé à ce moment le gifler ! Le gifler, puis l'égorger. Entendre son râle, le voir bleuir, le tyranneau. Rien de tout cela ne se produisait, évidemment. Puisque je ne bougerais pas.

Trente ans après, je me surprends à me demander si je n'ai pas été injuste envers cet homme que j'ai mal connu. Je me remémore même à l'occasion certains de ses beaux gestes. Ne m'avait-il pas offert un piano, ne m'avait-il pas inscrit à des cours de musique que j'avais très tôt abandonnés ? S'il a été cruel parfois, m'adoptant comme cible, n'avait-il pas été un mari attentif ? Ma mère ne s'est jamais remise de sa disparition. Mourir à cinquante ans, brutalement, d'une apoplexie. Le seul homme qu'elle ait connu.

Tous les mois, je lui rends visite à l'étage du duplex qu'elle habite à Rosemont. Aujourd'hui, c'est son quatre-vingtième anniversaire.

— Les peintres m'avaient promis de venir la semaine dernière. Ils n'ont pas tenu parole, les saligauds ! Ça ne m'étonne pas d'eux. En qui peut-on avoir confiance de nos jours?

Elle ne se plaint pas, elle sourit même. Où prend-elle cette énergie? Par certains côtés, elle est plus jeune que moi. Je le lui dirais bien, mais elle n'aime pas que je la complimente sur son aspect physique. Quand je remarque qu'elle ne fait pas son âge, elle me rabroue. « Leur troisième âge, se dépêche-t-elle d'ajouter, c'est de la bouillie pour les chats. Autrement, dit-elle immanquablement, est-ce que je marcherais aussi difficilement? » Elle souffre d'ostéoporose, a le souffle court, dort mal.

— J'aimerais bien aller au cimetière. Quand seras-tu libre?

Je dois avoir l'air contrarié, elle s'en aperçoit, a un pincement des lèvres que je connais bien. Je réponds que ce n'est pas possible cette semaine. Dimanche en huit, sûrement.

— Je ne te demande jamais rien, mon fils, tu ne devrais pas me faire la tête. Il est vrai que ton père, tu ne l'as jamais tellement aimé.

— C'est fini tout ça.

— Pas si sûr, pas si sûr. Il t'aimait, lui, pourtant.

Je sais qu'il ne servirait à rien de lui répliquer que j'en ai longtemps douté. Il est trop tard pour réagir de toute façon. Qu'ai-je retenu de cette réalité évanouie? Ma mère avait trente ans, quarante, elle était complètement soumise à un homme qu'elle adorait. C'était son destin. Le mien était de haïr un bourreau.

— Écoute, nous pourrions y aller demain. Entre trois et quatre heures, ça te dirait?

— Je suis toujours prête, moi, je n'ai rien à faire. Mais tu ne m'as pas répondu. Sais-tu que ton père t'aimait?

— Ça ne m'étonnerait pas.

Il y a à peine dix ans, j'aurais dit qu'un amour qui ne se déclare pas ne peut exister. Maintenant, je doute de tout.

— Je l'ai détesté, maman, autant qu'on puisse détester quelqu'un. C'est toi que j'aimais. Je trouvais qu'il était injuste à ton endroit, qu'il ne te méritait pas, qu'il était cruel.

Je pourrais ajouter que tout cela se déroulait à une période de ma vie où je me croyais capable d'aimer. C'est petit à petit que je me suis rendu à l'évidence, je ne serais jamais qu'un être de peu d'envergure. Depuis que je ne suis plus sollicité par les élans de la passion, je suis devenu raisonnable. Je n'ai plus tellement la force de détester. Comment haïr quand on se sent incapable d'aimer ?

— Et maintenant, où en es-tu ? demande-t-elle. Tu lui en veux toujours ?

Je pourrais lui mentir, lui dire que je n'ai pas su faire les efforts nécessaires quand il en était encore temps, mais je n'en ai pas le goût.

— Tu veux qu'on passe chez un fleuriste avant d'aller au cimetière ?

Elle répond que non. Elle s'est même débarrassée du petit sarcloir qu'elle avait conservé du temps où papa cultivait un petit potager. Elle a trop mal au dos, prétend-elle.

Chaque matin je recommence

D'aussi loin que je me souvienne, on m'a toujours adressé le reproche d'être pessimiste. Je l'admets sans difficulté, les nombreux poèmes que j'ai publiés dans des revues au tirage confidentiel au cours d'une vie consacrée à la littérature et aux beaux-arts ne donnent pas de l'existence une idée bien réjouissante.

Il est donc étonnant que, parvenu à l'âge de cinquante-sept ans, je n'aie jamais entretenu bien longtemps des projets de suicide. Chaque matin, pourtant, je m'éveille plein d'enthousiasme. La perspective de partir à la recherche du bonheur me stimule. Il me semble toujours que le jour naissant va me permettre d'accomplir une action dont je ne rougirai pas. De quel ordre, je ne sais trop. Écrire un poème qui me satisfera pendant plus d'une semaine, et qu'un insensé quelque part appréciera. Ou encore rencontrer quelqu'un qui changera ma vie. Là, j'apporte un bémol. Est-ce que je souhaite vraiment qu'un élément nouveau bouleverse ma vie? Les jours s'écoulent à une vitesse folle. Il y a longtemps que j'ai renoncé à songer à les retenir.

La petite fille du concierge a sept ans. Il m'arrive de lui parler lorsque, revenant d'une promenade dans les rues du quartier, je la vois un livre d'images à la main. Ariane me répond à peine. Est-elle à ce point timide ou ses parents l'ont-ils mise en garde contre les dépravés sexuels ? Il a beaucoup été question ces temps-ci d'un pédophile qui guette la sortie de l'école élémentaire à deux pas de notre immeuble. Je ne suis certes pas un étranger pour elle, ses parents me connaissent depuis des années, je n'ai rien d'un prédateur d'enfants, mais enfin, avec tout ce qu'on raconte à la télévision, je les comprends. Hier, Ariane a été un peu plus volubile. Je ne me suis pas attardé pour ne pas la troubler. Et puis, s'il avait fallu que sa mère nous aperçoive. Je suis monté à l'appartement, en pestant contre l'ascenseur qui était encore en panne.

La journée s'achevait. Une autre journée de perdue. Je ne les compte plus depuis qu'on m'a mis à la retraite. Quant à moi, j'aurais bien continué ma vie de fonctionnaire. La tâche qu'on me confiait au ministère n'avait aucun intérêt, mais je ne détestais pas avoir un endroit où me rendre tous les jours à heure fixe. Déjà que je ne voyais venir qu'avec appréhension la période des vacances. Les voyages en solitaire me devenaient de plus en plus pénibles, j'avais vendu mon auto d'ailleurs, quasi hors d'usage. Les amours ne m'ont jamais tellement occupé. Marie-Ange aura été la dernière femme que j'aurai aimée. Je dis la dernière, je pourrais tout aussi bien dire la première. Elle seule a compté pour moi. Les autres, ce n'est rien. D'un naturel timide, je parviens mal à nouer des relations. M'adresser à des prostituées, je ne saurais pas.

Nous nous revoyons, Marie-Ange et moi, à peu près

tous les six mois. Toujours au Ritz. Je lui offre des consommations au nom compliqué, je me contente d'une bière belge. Ou du moins, c'est ce qu'il me semble. Peut-être estelle allemande ou anglaise. Le barman me dit chaque fois : « Comme d'habitude ? » Je me contente de sourire. De sorte que j'ai toujours devant moi une boisson qui ne me plaît qu'à la première gorgée. Mais quoi, commander un scotch, la marque que j'achète depuis des lustres ? Marie-Ange en serait peut-être troublée. Depuis que son mari est mort dans un accident d'avion, elle a peur de tout.

Vendredi dernier, c'était pour nous jour anniversaire. Il y a trente et un ans, je l'avais reçue au ministère pour une affaire de compte impayé. Je n'ai jamais oublié, elle était en furie. Elle portait une jupe seyante. Pour la calmer, et aussi parce que je la trouvais splendide, est-ce ma faute si je trouve à peu près toutes les femmes splendides ?

— Elle te plaît ? m'a-t-elle demandé sur un ton qui indiquait qu'elle n'en était pas étonnée.

— Tu t'habilles toujours très bien.

Elle esquisse un sourire. Du genre de ceux qui m'ont toujours plu. Elle doit s'en douter un peu.

— Et toi, la même routine ?

Je réponds que ma vie n'a pas changé depuis longtemps. Que je ne m'en étonne même plus. Elle le sait, bien sûr. J'écris toujours des poèmes ? Je pourrais faire du bricolage, collectionner des timbres, mais mon affaire c'est d'écrire des poèmes.

— Évidemment. À quoi d'autre veux-tu que j'occupe mes journées ? C'est inutile, évidemment, mais je ne le crois pas toujours. J'ai écrit des tas de poèmes, je suis loin de les conserver tous. Serais-tu étonnée d'apprendre que je vais participer à un récital de poésie dans une maison de la culture ?

— Tu vas me dire où et quand.

— Ne compte pas sur moi pour ça. Je me demande pourquoi j'ai accepté. Non mais, tu me vois réciter mes textes devant des dizaines de gens dont il n'est pas sûr qu'ils m'écoutent ?

Comme si ce n'était pas suffisant, j'explique que pour moi l'écriture est un acte secret. Un peu comme l'amour. J'ajoute sottement que je ne pourrais jamais embrasser une femme devant une caméra. Marie-Ange rit de bon cœur.

— Non, vraiment, je ne te vois pas faire l'amour sur un plateau de cinéma ! Mais la poésie, c'est autre chose. Lire des poèmes, c'est pas mal ton truc. Même tes hésitations, tes reprises seront belles à entendre.

Je la remercie en approuvant un peu bêtement. Je n'ai plus l'habitude des longues conversations. Le bar est presque vide. Le barman a peut-être entendu les derniers propos de Marie-Ange. Il a dû discerner qu'ils marquaient l'annonce d'un départ. Ce qui ne l'empêche pas de paraître attentif à la diffusion d'un match de base-ball à la télévision. Moi aussi, j'ai été un adepte à l'époque. J'avais quatorze ans probablement. C'était notre culture à nous, fils d'ouvriers. Marie-Ange me demande si j'ai remplacé mon téléviseur noir et blanc. Mais non, je l'ai toujours. Il ne fonctionne plus depuis longtemps.

— Moi, je ne pourrais pas vivre sans télévision. Depuis la mort de Sylvain, tu sais, il m'arrive de trouver le temps un peu long. Je n'ai jamais envisagé de vivre avec un autre homme. Et toi, comment tu te débrouilles ?

Je réponds n'importe quoi. Peut-être dis-je que je ne sais pas exactement comment je me débrouille. Si j'étais sincère, je dirais que chaque matin je recommence. Comme si le jour qui vient de naître devait apporter une félicité que je n'ai jamais connue. Je sais que pour moi c'est impossible.

Il y a à peine quinze minutes, comme ça, je me suis dit que la petite Ariane connaîtrait peut-être pleinement ce que Marie-Ange et moi avons à peine effleuré. Et on dira après cet aveu que je suis pessimiste.

Un meneur d'hommes

Monsieur du Châtelet possédait toutes les incapacités exigées par sa place.

BALZAC, *Illusions perdues*

Le patron a-t-il un autre coiffeur ? Sa chevelure est frisottée, mais il y a un changement. Mario ne saurait dire lequel. En le voyant ce matin, Mario a moins pensé à Harpo Marx que d'habitude. Les frères Marx, le souvenir d'une rétrospective à la Cinémathèque. Mario a trente ans, il aime le cinéma américain des années trente et quarante. À part la toison, toutefois, qu'y a-t-il de commun entre ce cancre et le blondinet dont la candeur mâtinée de ruse l'a tant amusé ? Rien.

Mario n'est qu'un employé à mi-temps que le frisé personnage s'apprête à congédier. Il se demande au reste pourquoi il ne l'a pas été plus tôt. Six mois auparavant une telle perspective l'aurait démoli. Mais il vient d'apprendre qu'un éditeur a retenu le manuscrit de son premier roman. Il y a aussi qu'il peut compter sur le soutien de sa petite amie. Hier soir, Laurence l'a supplié de ne pas se laisser détruire par le cancre que le sort a placé devant sa route. Elle lui a rappelé, l'indispensable alliée, qu'ils réussiraient à se débrouiller pendant quelques mois avec la prime de licenciement et son traitement d'infirmière. Et puis, prétendait-elle, les articles de Mario n'étaient-ils pas de l'avis général admirablement écrits, ne faisaient-ils pas tache au milieu de la médiocrité du journal ? De plus, selon elle, il ne fallait jamais dans la vie prêter attention aux imbéciles.

Celui dont il est question ici était de surcroît fort infatué. Après quelques années comme reporter radiophonique, il s'était immiscé dans le journalisme. Sachant flatter à bon escient, habile à écarter les gêneurs, il était passé des affaires municipales à la politique internationale. Piètre analyste, rédacteur plus qu'ordinaire, il avait compris qu'il avait tout à gagner à devenir chef. Mario ne l'aurait jamais connu si le sort — la maladie soudaine du responsable de la section culture du journal — n'avait pas fait en sorte que le frisé doive cumuler deux fonctions. Il a dix ans de plus que Mario. Il ne détesterait pas faire de la politique active. C'est du moins ce qu'il racontait la semaine dernière encore à la femme qu'il venait tout juste d'abandonner. Il dit à qui veut l'entendre qu'elle ne pouvait plus le suivre. Le suivre où ? a-t-elle demandé. Mais dans les réunions mondaines pendant lesquelles elle se sentirait étrangère, elle qui venait d'un milieu trop modeste. Le même que le sien, d'accord, mais lui avait su évoluer.

Non mais, quand va-t-il se décider à aborder le nœud du problème ? Lui apprendre que, bien qu'on aimerait le maintenir au sein du personnel de la maison, il n'est vraiment pas possible de le faire à cause d'une récente hausse du prix du papier. Le journal ne lui verse que des clopinettes, mais le chef veut caser une jeune stagiaire dont il s'est épris. Les articles qu'elle a rédigés, il ne les a que survolés. De ses enquêtes sur le Vieux-Port et sur la renaissance du rock, il sait peu de chose. En revanche, la petite a de beaux seins et sait sourire. Le frisé n'a accepté d'occuper le poste d'intérimaire que pour donner à ces pages du journal une allure plus démocratique. Du moins, c'est ce qu'il dit. À l'écouter, on fait trop de place aux intellectuels. Il faut plutôt s'ouvrir à ce qu'il appelle la culture populaire. Si, à l'adolescence, il a lu quelques romans du dix-neuvième, il n'a pas ouvert un livre depuis au moins quinze ans. Quand d'aventure il prononce un discours devant les membres d'un club social ou d'une chambre de commerce, il a recours à deux citations littéraires, toujours les mêmes. L'une de Malraux, l'autre d'une romancière à succès.

Mario regarde autour de lui. Jamais il n'aurait cru que le triste zigue qu'il a depuis peu comme patron était si fat. Son accoutrement pour commencer, sa cravate en fausse soie, sa veste en velours vert que déforme un ventre proéminent. Et puis, l'insistance qu'il a mise à dire à sa secrétaire qu'il ne voulait être dérangé sous aucun prétexte.

— J'ai demandé à te rencontrer, commence celui qui ne détesterait pas finir ministre de la Culture.

Mario se retient de lui demander d'aller droit au but. Laurence doit se rendre chez le médecin. Il a promis de l'accompagner.

— La nouvelle que j'ai à t'annoncer n'est pas très agréable.

La sonnerie du portable. Le patron ne jure que par son portable. Il explique à Mario qu'il a oublié de le mettre hors service. D'un ton important, il dit qu'il sera présent à la réunion du soir et qu'il a même une idée intéressante à soumettre à l'assemblée.

Une gorgée d'eau, puis :

— Aussi bien te le dire tout de suite, nous ne pouvons pas te garder à la section.

— Tu m'affectes ailleurs ?

— Pas pour le moment. Les temps sont difficiles, le tirage n'augmente pas comme prévu, nos frais, si. Il faut que tu nous comprennes.

— Nous, c'est qui ?

— Mais la direction, évidemment. J'ai bien essayé de défendre ta cause.

— Parce que je suis « une cause » ?

— Ce n'est pas ce que je voulais dire, tu le sais bien. Moi, j'aurais bien voulu te garder, tu n'écris pas mal. Parfois, tu as un style un peu familier, mais tu t'es amélioré.

— Mon poste est aboli ?

— En quelque sorte.

— Il y a pourtant quelqu'un qui me remplace.

— Personne, je te dis.

— Il n'y a vraiment personne ?

— D'accord, il y aura une nouvelle stagiaire. Tu la connais peut-être, Virginie Clarimont. Il paraît que c'est une fille bien. Elle vient de faire une enquête sur les goûts musicaux des jeunes en milieu urbain. Elle s'occupera des concerts pop.

— Évidemment, pour ça, je n'étais pas votre homme.

— Tu l'as dit souvent, la musique ne t'intéresse pas

beaucoup. Nos lecteurs en sont fous. Une partie d'entre eux en tout cas.

Mario ne sait pas trop bien s'il convient de poser la question, mais il ne peut résister :

— Est-ce que tu vas accompagner Virginie à ses concerts rock ?

Le grand homme rougit.

— Pourquoi tu dis ça ?

— Pour voir. Laurence, ma compagne, connaît bien Virginie. Depuis l'école primaire. Elle vous a vus au resto hier midi. Qui a payé le sancerre, le journal ou toi ?

— Tu es méchant.

— C'est possible. Mais ne crois surtout pas que je t'en veuille. Je t'ai toujours trouvé bête, bête à manger du foin. Que tu veuilles te débarrasser de moi, c'est tout à fait normal. Après tout, j'aime les livres, j'ai quelques idées, j'ai tendance à trouver ton journal parfaitement inepte. Il est clair que je n'ai pas ma place ici.

Le ventripotent frisé est furieux. Pourvu qu'il ne se mette pas à lui citer Malraux, pense Mario. Une autre gorgée d'eau. Selon Laurence, au restaurant c'était plutôt du San Pelegrino.

— Ne crois surtout pas que je n'ai pas apprécié t'avoir à mon service.

Que va-t-il ajouter ? Qu'être patron vous oblige parfois à prendre des décisions difficiles, qu'à trente ans on a l'avenir devant soi, quoi encore, le répertoire est illimité.

— Le service du personnel…

— Excuse-moi, je dois partir. Tu salueras Virginie.

Mario n'a pas le temps, vraiment pas le temps, de lui apprendre qu'il deviendra père dans un mois, que leur fille s'appellera Annie, qu'il n'en revient pas, qu'il est d'avance bouleversé. Il ne saura pas non plus si les cheveux du chef étaient ou non aussi bouclés que la dernière fois, cette fois où le patron lui avait demandé à voix insinueuse de n'être pas trop sévère pour une initiative à vrai dire bien étrange du ministère de la Culture. Il n'a que cinq minutes pour rejoindre Laurence.

Le pont

Quand il a emménagé dans une tour d'habitation près du fleuve, au vingt-troisième étage précisément, Laurent, qui avait le goût des escapades en automobile, s'est dit qu'il s'évaderait plus souvent que jamais au volant de sa voiture grand sport importée d'Italie. Le pont Jacques-Cartier tout proche — il le voit de sa salle de séjour — lui serait, il en était sûr, une invite permanente à faire des virées aux États-Unis. À trente-cinq ans, la solitude ne l'inquiétait pas. Quand il souhaitait se distraire, il ne manquait pas de filles pour l'accompagner. Pouvaient-elles résister bien longtemps à l'attrait des chambres tout confort qu'il réservait et pouvaient-elles refuser les repas dans les meilleurs restaurants ? Mais Laurent a eu quelques revers de fortune, il a été un an sans travail à cause d'une tumeur au cerveau. Si les actions qu'il détient dans une pétrolière ont pris de la valeur, d'autres en plus grand nombre dans le secteur des communications ont périclité. Recouverte d'une bâche, la Bugati ne quitte pratiquement plus le garage.

On est fin mai. Le soleil est radieux. Il l'est sûrement aussi à Brazzaville où un ami médecin travaille dans un dispensaire. Louis est un homme de caractère. Ce qu'il deviendrait, travailleur humanitaire, il le savait à vingt ans. Sylvie également. Au sortir de l'adolescence, elle se voyait avocate. Dans le journal de ce matin, Laurent a appris qu'elle était nommée juge. Il y aussi Mario, qui chantera à la Scala la saison prochaine. Et Miville dont la pièce sera créée à Paris dans une semaine. Et puis Sylvain qui bâtit des immeubles, Madeleine dont les toiles sont recherchées un peu partout dans le monde.

Toi, Laurent, qu'as-tu à proposer ? Tu boursicotes comme tu peux, profitant de l'héritage que t'a laissé ta mère. Un legs important, certes, mais qu'en restera-t-il dans dix ans si tu continues à faire des placements hasardeux ? Tu vis seul, pas une femme n'a partagé ton lit depuis au moins deux ans. Tu n'as même plus la force de partir pour un misérable petit week-end dans le Vermont ou dans le Maine. Tu n'aurais pourtant qu'à sauter dans ton coupé deux places. Partir pour aller où ? Tu t'étais promis d'effectuer d'interminables balades dans le sud des États-Unis, au Mexique. Le Grand Canyon, la vallée de San Fernando, les bayous, tout le tralala. Pourtant tu ne bouges pas. Pendant au moins trois ans, tu as cru que ta compagne, la sublime Bella, t'empêchait de vivre ce que tu appelais ta vie. Elle était trop bourgeoise pour toi, cette fille d'universitaire, et difficile avec ça, seule l'Europe lui convenait. Maintenant qu'elle vit à Trieste, qu'il est évident que tu n'auras jamais plus de nouvelles d'elle, où en es-tu ? Mais nulle part. Tu as longtemps surveillé comme un dément les hauts et les bas de l'activité boursière, tu n'avais de cesse que tu n'aies bassiné tous les courtiers de ta connaissance avec tes questions, tes demandes de renseignements privilégiés. Maintenant, même ces préoccupations ne te visitent plus.

Parfois quand tu es aux prises avec l'insomnie, tu te dis qu'il suffirait que tu descendes au garage et que tu enlèves la bâche qui recouvre ta chère Bugati que tu n'as pas encore payée entièrement. Qu'importerait la destination, mais partir, t'engager sur le tablier du pont que tu contemples chaque nuit. Tu trouves toutes sortes de raisons pour ne pas quitter ton appartement, un dossier à consulter, des appels à faire. De la foutaise, tout ça, tu ne le sais que trop. Tu n'ignores pas non plus, il faudrait que tu aies perdu la tête pour le nier, que l'effrayant de l'affaire, c'est que tu n'as plus le goût de rien. Que t'apporterait cette randonnée ? Que t'ont procuré au fond les équipées sans nombre que tu as faites dans ce qui te semble une autre vie ? C'était l'époque de la fuite en avant. Tu ne te demandais pas alors à quoi il servait de partir, tu partais tout simplement. Comme si de fourrer pêle-mêle des vêtements dans une valise pouvait t'apporter quelque libération. Voir des gens ? Quelle différence puisque les rencontres qu'il t'arrivait de faire ne pouvaient manquer d'être superficielles ? Les paysages nouveaux ? Tu n'as jamais su les voir, la nature t'embête, tu ne connais rien à l'architecture.

Alors maintenant tu vieillis, ne proteste pas, tu vieillis. Tu n'as que quarante ans, mais déjà, regarde, tes cheveux s'éclaircissent, même ton auto n'a plus le côté rutilant qu'elle avait. Il y a dans la ville des hommes plus entreprenants que toi, qui ont fait hier l'achat de bolides autrement plus impressionnants que ta Bugati dont les portières sont menacées par la rouille. Pourquoi irais-tu aux États-Unis puisque cette civilisation t'intéresse moins que jamais ? Tu ne peux plus te payer les hôtels de grand luxe. À toi les motels de deuxième catégorie, les restaurants minables. Le plaisir de conduire ? L'as-tu déjà ressenti ? C'était à l'époque de tes vingt ans. Tu apprenais à connaître les femmes, tu te croyais adulé d'elles. Quel avenir serait le tien !

Mais quelle est cette douleur que tu ressens aux côtes ? Le voudrais-tu que tu ne pourrais te rendre jusqu'à l'ascenseur. Le pont Jacques-Cartier te paraît ce soir ridicule. Est-ce pour cet amas de ferraille que tu as bâti tant de chimères ? Prendre un bain chaud, te mettre au lit. Voilà qui sera nettement mieux. Un somnifère puissant ne nuira pas. Est-ce qu'il t'en reste ?

J'ai vécu là

Ce qui m'étonne le plus dans les lieux que j'aime, c'est qu'ils sont toujours là quand j'y retourne.

GEORGES PERROS, *Pour ainsi dire*

Il a suffi que Josyane me prenne à partie à propos de ce qui me semblait une broutille pour que je claque la porte. Décision idiote, j'en conviens. Est-ce tout à fait ma faute si ma femme parfois me pompe l'air ? J'étais donc à trois rues de chez moi, ne sachant pas où diriger mes pas.

Puis je me suis souvenu qu'à l'adolescence il m'arrivait fréquemment de claquer les portes. Pour un oui pour un non, je m'enflammais. La plupart du temps, c'était contre ma mère. La pauvre pourtant avait fort à faire. Elle m'a élevé seule dès ma troisième année. Son mari avait décidé qu'il serait plus heureux avec une lointaine cousine.

J'ai toujours adoré ma mère. J'étais d'ailleurs un fils plutôt obéissant. Mais j'avais mon caractère, je l'ai toujours. Ma mère aussi, du reste.

Mon père avait la bougeotte. Rien ne lui plaisait autant que d'acheter et de revendre des propriétés. Un optimiste. S'imaginant que le mieux était toujours à venir, il ne s'attachait nulle part. Ma mère en a souffert, elle me l'a souvent dit. Quand elle a dû prendre les rênes de la maison, l'époux s'étant envolé, elle a décidé de ne plus bouger.

J'ai toujours eu tendance à rêver ma vie. À quinze ans, j'ai eu mes difficultés. Mais malheureux, je ne crois pas l'avoir été. Josyane a eu une tout autre expérience. Quand elle m'en veut, c'est normal dans un couple, elle me reproche ce bonheur-là. À cet âge, elle souhaitait mourir. Elle m'a même fait lire le journal qu'elle tenait.

Si je suis parti tout à l'heure, ce n'est surtout pas parce que je voulais imiter mon père. Je suis de ceux qui reviennent. Je ne déteste pas non plus revivre mon passé. Depuis la mort de ma mère, je pense souvent à elle et au genre de vie que nous avions dans ce duplex du quartier dit de la Côte-Saint-Paul. Josyane est d'avis que j'embellis cette période de mon existence. C'est bien possible.

Pendant que je marche à pas redoublés vers le métro — je suis trop radin pour monter dans un taxi —, je revois le visage de Josyane. Il m'attire plus que jamais. Trente ans de cohabitation n'y ont rien changé. Je suis fou de ses yeux marron clair, de ses lèvres, de son menton volontaire. Dans cinq ou dix minutes, je le sais d'expérience, je ne lui en voudrai plus de sa saute d'humeur. Elle ne me croit pas tout à fait quand je lui dis qu'elle m'a donné l'assurance d'avoir su ce qu'était l'amour. « Avec moi, es-tu aussi heureux que tu l'étais avec ta mère ? » me demande-t-elle parfois, mi-sérieuse, mi-moqueuse. Je réponds comme je peux.

Je ne m'en étais pas tout à fait rendu compte, mais c'est

vers la maison de mon enfance que je me dirige. De mon enfance et de mon adolescence prolongée. Je ne m'accordais pas la permission d'abandonner ma mère. Il a fallu la rencontre de Josyane.

Je descends à la station Jolicœur. Bien sûr, le quartier a changé. Les maisons sont à peu près les mêmes, mais les gens que je croise n'ont rien de commun avec ceux que je trouvais sur mon chemin à l'époque. Deux ou trois foulards islamiques, un turban, des conversations en langues inconnues. À l'époque, il y avait bien des Italiens, des Irlandais et nous, les Canadiens français. Le quartier était ouvrier, le luxe y était modeste.

Nous habitions le rez-de-chaussée d'un duplex de briques rouges. Ma mère m'avait permis d'aménager un petit local au sous-sol. Qu'il fût meublé de bric et de broc ne me dérangeait guère. Au contraire. Il me semblait alors que le grand écrivain que je deviendrais peut-être devait connaître ce dénuement-là. Pendant que ma mère menait au-dessus de moi une vie qui me paraissait si banale, j'imaginais des intrigues et des climats que j'estimais parfois inédits. Car j'écrirais, je publierais des romans, j'en étais sûr. J'avais tort, mais je sais maintenant que cela n'a aucune importance.

Josyane, ces années-là, se découvrait femme. A-t-elle vécu intensément cette période de sa vie ? Elle n'en parle jamais. Je sais qu'elle a été fiancée, qu'elle devait se marier, mais qu'à la dernière minute elle s'est ravisée. Je tiens ce détail de son père qui devient bavard quand il a bu. A-t-elle vraiment aimé cet homme ? Je ne me pose plus la question. Je serais plutôt du genre à me demander pourquoi une femme comme elle accepte de partager ma vie.

Je suis devant la maison où ma mère et moi avons vécu près de vingt ans. La curiosité me vient de sonner à la porte et de demander aux occupants la permission de visiter les lieux. Ma chambre surtout, mais aussi la salle de séjour où ma mère se réfugiait tous les soirs pour regarder la télévision. Le réduit dans le sous-sol, je n'y compte même pas. Tout était si rudimentaire. Me laisserait-on entrer ? Le sexagénaire que je suis devenu ne ferait peur à personne, normalement. Mais on raconte tant de choses maintenant, on peut craindre que je ne sois un désaxé ou encore un casse-pieds dont il deviendrait difficile de se débarrasser. Et puis, la chambre existe-t-elle encore ? Elle était si exiguë, les murs si minces, on a pu en abattre les cloisons. Pour essayer de joindre les deux bouts, ma mère avait pris des pensionnaires. Je me souviens de Lucie, une grosse fille qui enseignait la septième année dans une école primaire de langue anglaise à trois rues de chez nous. Elle se promenait dans la maison en soutien-gorge, maman l'en avait dissuadée. J'entends encore ma mère lui dire que j'avais seize ans, qu'il ne fallait pas me troubler. Il y a aussi eu Madeleine, qui venait du Lac-Saint-Jean et qui était secrétaire dans une clinique dentaire. Si au moins j'avais la certitude qu'on me laisse seul pendant une dizaine de minutes, le temps de revoir des scènes du passé. Mais non, les choses ne pouvaient se dérouler ainsi. On me suivrait pas à pas.

La porte de l'entrée principale s'ouvre. Une vieille dame apparaît dans l'embrasure. Elle s'appuie sur une canne. Serait-ce notre locataire ? Comment s'appelait-elle déjà ? Campeau, Comeau, Primeau ? Impossible. Elle était déjà bien enveloppée à l'époque. Je la trouvais sensuelle, je devais avoir mauvais goût, je me souviens de ses seins que j'avais aperçus un jour que, poussant la tondeuse dans notre arrière-cour, j'avais levé les yeux vers la fenêtre de la chambre où elle dégrafait son soutien-gorge. Chaque soir, pendant au moins un mois, je me suis masturbé en pensant à ses seins.

La vieille me jette un coup d'œil méfiant. Qui est cet inconnu qui s'est arrêté devant la maison qu'elle habite ? La maison n'est pas à vendre. Après réflexion, elle conclut que je suis inoffensif puisqu'elle me sourit. Je lui rends son sourire.

— Vous devez vous demander ce qui me pousse à m'arrêter devant votre maison.

Elle n'hésite pas, réplique :

— Je n'ai pas eu le temps de me poser la question. Vous cherchez une maison ?

— Pas tout à fait. J'ai habité ici il y a longtemps. Au rez-de-chaussée.

— Moi, ça ne fait que sept ans. Mais je déménage en juillet. Mon mari vient de mourir. C'est devenu trop cher pour moi. Je vais vivre dans une maison de retraite. Ma fille voudrait bien que j'aille vivre chez elle à Repentigny, mais c'est trop loin. La banlieue, ça ne me plaît pas. Vous, qu'est-ce que vous en pensez ?

Je réponds que non, vraiment. Mais au fond, je vivrais n'importe où avec Josyane. La vieille m'explique qu'elle habite à l'étage, que la propriétaire, une Polonaise, occupe le rez-de-chaussée. C'est une grippe-sous, prétend-elle. Elle a exigé qu'elle lui paye trois mois de loyer pour rompre le bail.

— Je sais que c'est la loi, mais il me semble qu'il faut

être mesquin pour exiger une telle somme d'une vieille comme moi. Si mon mari était encore de ce monde, il lui dirait son fait. Que voulez-vous, le monde change.

Elle ajoute qu'elle doit se rendre faire ses courses au Provigo de la rue Laurendeau. Je lui souhaite bonne chance, pour un peu j'offrirais de l'accompagner histoire de porter quelques sacs de provision. Comment recevrait-elle ma proposition ? Je suis à peine moins âgé qu'elle.

Je viens de faire quelques pas, je m'arrête. Il y a si longtemps que ma mère est morte. Je n'ai pas revu mon frère depuis plusieurs années. Vit-il encore à Chicago ? Un peu plus et je racontais à cette inconnue que c'est dans cette maison que j'ai appris ce que pouvait signifier un refuge. C'est là que je me suis bâti une forteresse contre les attaques de l'extérieur. Josyane me reproche parfois de me recroqueviller sur moi-même, je ne proteste même plus. Elle a raison. Si elle savait à quel point j'ai besoin de me retrancher dans le genre de solitude habitée qu'elle seule peut rendre attachante. C'est ce que je lui dirai peut-être tout à l'heure. Ou demain. Car il n'est pas sûr qu'elle ne m'en voudra pas encore un peu.

Le vélo

Le soir, Martin aime bien se promener. À la retraite depuis six mois, il estime que la marche est le meilleur remède contre le vieillissement prématuré. Pourquoi son médecin s'acharne-t-il à ce point à lui reprocher les deux kilos qu'il a pris ces derniers mois ?

À cinquante-trois ans, Martin peut encore passer pour un bel homme. Pourtant, son nez est un peu long, ses jambes légèrement arquées. À l'université où il a passé trente ans de sa vie, il a été dans la mire de ses collègues féminines et des jouvencelles qui s'inscrivaient au cours de littérature espagnole qu'il donnait chaque automne. Elles étaient bouche bée devant ses manières impeccables, ses costumes anglais taillés à la perfection et, il faut le dire, son érudition. Il était impeccable avec elles, professeurs et étudiantes, ne cédant jamais à la tentation de la familiarité abusive. Il avait eu la faiblesse d'admettre un jour qu'il avait été au noviciat jadis, ce qui lui avait valu pendant quelque temps la réputation d'être vaguement impuissant.

Que n'aurait-on pas dit si on avait su qu'il avait été

marié pendant six mois, que sa femme avait eu une fille dont il était indubitablement le père et que, s'il vivait en ermite, c'était tout bonnement parce qu'on le tenait pour un être invivable.

Martin croit pourtant dur comme fer qu'il est impossible d'avoir meilleur caractère que le sien. Puisqu'il ne se fâche jamais, qu'il a toujours professé que la bonne entente est la plupart du temps possible à condition qu'on y mette du sien. C'est justement à cause de sa malléabilité, de sa propension à la tolérance, qu'il est infréquentable. Pire encore, c'est parce qu'il n'élève jamais la voix, qu'il ne rouspète jamais, que les femmes finissent toujours par le trouver ennuyeux. Les femmes qu'il a tenté d'aimer, pas les autres, évidemment, toutes séduites par lui. Des compagnes, il n'en cherche plus depuis belle lurette.

Depuis qu'il a fait ses adieux à l'université, il doit bien l'admettre, son caractère a changé. Comme si un autre homme avait jailli, un râleur, un perpétuel insatisfait. Il vient tout juste de s'en prendre au concierge de l'immeuble à qui il a reproché sa fainéantise. Au salaire qu'on lui versait, ne pouvait-il pas mieux s'occuper des espaces communs? Le corridor qui menait à son appartement n'avait pas été shampouiné depuis au moins deux mois. Pourquoi sortait-il les ordures ménagères si tôt le matin, risquant de réveiller tout l'immeuble? Le bonhomme l'a toisé tout à l'heure avec superbe. Pour qui se prend-il? À la prochaine réunion des propriétaires, Martin va demander son renvoi pur et simple. Ce n'est pas tout. Il en a aussi contre son voisin du dessus qui pianote tous les soirs vers minuit. Que ce dernier soit un pianiste en vue ne change rien à l'affaire. Après tout, il n'a pas acheté un studio d'enregistrement, mais un appartement. Qu'il aille faire des gammes ailleurs ! Et que dire de la rue où il habite qui, devenue à sens unique, est maintenant plus fréquentée. Une vraie piste de course ! Martin a écrit une lettre furibonde au *Devoir*, en a fait parvenir copie aux autorités municipales. Sans résultat.

Quand il déambule le long du fleuve, il ne s'arrête jamais pour cueillir une fleur ou pour l'admirer. À quinze ans, il s'était pourtant pris d'intérêt pour la botanique, connaissant par cœur le nom scientifique en latin de la plupart des espèces. Il s'était constitué un herbier. Son père se moquait de lui, mais il n'en avait cure. Sa mère prenait parti pour le fils. Ses parents avaient fini par se séparer. Tout cela, pense-t-il parfois, pour une passion qu'il n'a même plus.

Martin marche lentement, ne semble rien voir, ne voit rien. Quand une jolie fille vient à sa rencontre, il baisse les yeux. Pourquoi la beauté l'intéressait-il désormais ? Son domaine est celui du retrait, du repli sur soi. La dernière fois qu'il a eu des nouvelles de sa femme, elle venait d'ouvrir une boutique de produits de beauté au centre-ville. La publicité la montrait resplendissante, les yeux vifs, le sourire vainqueur. Jacqueline, il fallait bien l'admettre, ne paraissait pas avoir vieilli. Peut-être avait-elle eu recours à la chirurgie esthétique ? L'espace d'un instant, il s'était dit qu'il irait peut-être à son magasin, histoire de constater *de visu* le fossé qui les séparait.

Si les années n'avaient pas de prise sur Jacqueline, en avaient-elles sur lui ? À vrai dire, estime-t-il, je n'ai plus d'âge, je vis en retrait. Quelle différence en effet entre lui et le premier octogénaire venu ? Il a lu jadis que la philosophie hindoue se résume dans l'horreur non de la mort, mais de la naissance. Il n'en a pas été étonné.

En ce début de mai, le temps est incertain. Est-ce le printemps que cette fraîcheur qui le transit ? Pourtant, il s'obstine à marcher. Même s'il n'observe rien, même s'il s'efforce de ne pas réfléchir. À quoi sert de rabâcher un passé qu'il veut de toute façon oublier ? Pourtant, ces temps-ci, il se demande ce qui est advenu de sa fille. La petite doit bien avoir vingt-deux ans. Paule ressemble-t-elle à sa mère ? La photo qu'il possède, la seule, prise à deux ans, n'indique aucune ressemblance marquante avec Jacqueline. Cette dernière la lui a remise lors des procédures de divorce. Jacqueline a une figure taillée à la serpe, Paule était plutôt rondelette. Il est vrai qu'à deux ans les enfants paraissent aisément joufflus. Quand, à l'université, les compagnes de travail affichaient dans leur bureau le portrait de leurs enfants, il le vérifiait. Pour Martin, les bébés se ressemblent tous, interchangeables, inintéressants. De toute manière, ne vont-ils pas évoluer, se transformer en monstres de bêtise ? C'est pour cette raison qu'il a jeté son dévolu sur un épagneul qu'il a baptisé Léautaud. Tout cela est bien fini. La bête est morte, écrasée par un motocycliste qui ne s'est même pas arrêté. Martin s'en est longtemps voulu de n'avoir pas tenu Léautaud en laisse plus longtemps. Un moment d'inattention de sa part et la douleur entrait dans sa vie. Il a assisté à l'agonie du seul être auquel il tenait encore.

Martin lève les yeux. Un adolescent à vélo s'approche de lui, ralentit. Un adolescent, non, un jeune homme plutôt. Il s'agit même de l'un de ses étudiants, dont il a oublié le nom. Il a une tête superbe, ses cheveux abondants volent au vent. Comment expliquer que Martin, si fermé depuis des mois à l'humanité tout entière, porte une si totale attention à cette personnification de la jeunesse ? Le jeune homme semble hésiter, puis accélère.

Un banc. Pourquoi ne pas s'y reposer quelques instants ? Martin pleure tout à coup. Quand a-t-il pleuré la dernière fois ? Lors de la petite cérémonie qui a marqué son départ à la retraite, il s'est senti ému, d'accord, mais pas au point de verser une larme. Des passants paraissent le regarder. Lui qui n'aime pas se donner en spectacle, il n'en a cure. Sa décision est prise, il ira à la boutique de Jacqueline. Elle ne lui en veut plus, il en est sûr, elle lui donnera sans se faire prier les coordonnées de Paule. Même s'il n'a rien su de son enfance et de son adolescence, il est encore temps de renouer. La connaître un peu, juste un peu, avant de se couler dans le néant.

Plaire aux hommes

Xavier n'est pas un sot, il n'a jamais cru que la littérature le rendrait célèbre. Ses deux premiers romans sont passés inaperçus. Quelques comptes rendus plutôt tièdes, des ventes dérisoires. Comment expliquer que son troisième roman lui ait apporté une modeste renommée? Il n'en demande pas tant, s'accommodant fort bien de l'anonymat qui a été son lot.

Au travail, on ne le traite plus de la même manière. Ses collègues à la compagnie d'import-export où il travaille se sont mis à le tenir pour une sorte de bête curieuse. Comme s'ils craignaient qu'il ne se mette à se servir dans ses livres des confidences qu'ils lui ont faites. Dix ans à fréquenter les mêmes gens, il est normal qu'on se soit parfois laissé aller à se plaindre des sautes d'humeur de sa compagne ou à déplorer que son fils ait recours à l'ecstasy. Les filles surtout ont un comportement fort différent depuis qu'il est apparu, brièvement pourtant, à une émission de télévision parfaitement idiote par la faute d'une attachée de presse. Xavier reconnaît volontiers qu'il s'y est conduit de façon ridicule, racontant en réponse à une question de l'animateur comment à l'adolescence il a suivi des cours de danse brésilienne. Et l'animateur, un cancre comme on semble les adorer dans ce milieu, lui avait demandé de s'exécuter. Il a obtempéré en esquissant quelques pas sur l'air de *Corcovado.*

Écrire un roman qui connaît un certain succès n'est pourtant pas un crime. Xavier en convient sans trop de difficulté. Est-ce sa faute si le public le découvre grâce à un roman plutôt faible ? L'influence de quelques critiques, gens distraits et fort sollicités, a-t-elle compté ? Une chose est certaine, personne ne fera croire à Xavier que ses *Odeurs de deuil* valent d'être à la tête de la liste des meilleures ventes d'une importante chaîne de librairie.

Mais pourquoi alors a-t-il accepté l'invitation d'Émilie ? La cinquantaine avancée, le cheveu abondant comme le voulait la mode des années 1970, elle supporte mal son célibat. Au bureau, les hommes disent parfois : « Mais qu'est-ce qui ne va pas avec elle ? » Ils ajoutent qu'elle est jolie, plutôt bien faite, qu'elle n'est pas bête, très aimable. Ferait-elle peur aux hommes ? Le lundi matin, alors qu'à la ronde on raconte les péripéties du week-end, Émilie garde le silence. Parfois, elle laisse échapper une phrase qui sonne comme une plainte : « J'étais trop fatiguée, j'ai lu, j'ai dormi, j'ai regardé la télévision. »

Qu'elle lise, tant mieux ! Mais pourquoi a-t-il fallu qu'elle adore *Odeurs de deuil* ? Elle aurait pu se contenter de le lui dire à l'heure de la pause. Mais non, elle l'a convaincu de comparaître devant un cercle littéraire dont elle est membre. C'est sa faute s'il a devant lui une bonne trentaine d'« amies de la lecture ». Le nom qu'elles ont donné à leur club. Il a pu les compter pendant qu'Émilie lisait un texte de présentation qui n'en finissait plus. Il y était dit que les romans de Xavier sont à la fine pointe de la modernité, que son œuvre qui n'en est qu'à ses débuts explore la détresse de l'être humain, que certaines des pages de ses livres sont aussi ensorceleuses que les propos que leur auteur ne manquera pas de prononcer dans l'allocution qui suivrait.

Xavier s'est raclé la gorge, a pris une lampée d'eau, puis s'est lancé dans un monologue qui a duré plus d'une heure. Il est passé des années d'enfance à LeMoyne à ses voyages au Moyen-Orient, de ses études aux HEC à ses visites dans les bas-fonds de Tanger. On l'a écouté attentivement. On a ri de bon cœur quand il le souhaitait, on a semblé ému aux passages qu'il estimait touchants.

Émilie vient de lui adresser un signe. Le temps des questions de l'auditoire est venu. Une vieille dame veut savoir si la mère du personnage principal d'*Odeurs de deuil* a quelque lien avec sa propre mère. Il a répondu qu'il est en froid avec elle, qu'il ne l'a pas vue depuis sept ans. Confession accueillie par une désapprobation à peine voilée. Une jeune boulotte veut savoir s'il se considère comme un romancier postmoderne. Il dit que c'est possible, mais qu'il l'ignore. Une longue brunette portant un col roulé noir s'inquiète de l'ironie qu'elle croit déceler dans la peinture qu'il fait du milieu des écrivains dans le toujours même troisième roman. Comment pourrait-il parler des plombiers, commente-t-il. S'il met en scène des écrivains, c'est qu'il ne connaît qu'eux.

Xavier croit s'être convenablement tiré de ce guet-apens. Émilie paraît satisfaite. Il ne sait pas encore que sa soirée ne fait que commencer. Émilie s'empare du micro sur pied, remercie Xavier pour ses « propos si profonds et si francs qui nous ont toutes éclairées sur la grandeur et la nécessité de l'écriture ». Xavier croit encore que dans moins de dix minutes il sera au volant de sa Toyota. Quelques mots à Émilie qui lui tend un chèque en s'excusant de la modicité du montant. Il se prépare à lui dire qu'il sait mieux que personne que la culture ne paie pas, qu'il n'a pas accepté son invitation par appât du gain, que c'est par amitié pour elle qu'il s'est déplacé. Il se sent revigoré, un peu comme après un examen réussi. Mais que lui demande la timide Émilie ?

— Xavier, il faut que je te parle. Tu as bien un moment ? Un tout petit moment. Le temps d'un café ou d'une bière.

Le café est infect. Ce n'est pourtant pas ce qui inquiète Xavier. Il a devant lui une inconnue dont certains des traits rappellent Émilie, celle qu'il voit tous les jours, les mêmes yeux bleu pâle, le nez délicat, le front pas suffisamment dégagé. Mais il est dérouté par la détermination qu'il lit dans son regard. Elle est entrée au bureau à peu près en même temps que lui à l'occasion d'un grand mouvement de personnel. L'entreprise connaissait alors une grande expansion. Pendant des mois, on s'était demandé si cette fille resterait longtemps tellement elle était dénuée d'esprit d'initiative. Puis on s'était habitué.

— Tu as été merveilleux, ce soir. Les filles n'en reviennent tout simplement pas. Quand tu parlais de ton enfance surtout, tu étais sublime. Je n'exagère pas, tu étais sublime !

Est-ce pour lui dire des banalités pareilles qu'elle l'a retenu ? Il pourrait être chez lui à siroter un scotch, il se sent prisonnier.

— Je craignais d'avoir été un tout petit peu prétentieux, alors j'ai joué la carte de l'ingénuité. Je n'ai pas exagéré ?

— Ce que tu as dit de ton père était d'une beauté !

— Tu trouves ? Pourtant je n'ai fait que répéter les premières pages de mon roman.

— Je t'en prie, fait Émilie en posant sa main sur son bras, laisse-moi te dire à quel point je t'admire. C'est un peu pour te l'apprendre que j'ai organisé cette petite soirée. Nos membres te connaissaient bien un peu, mais quand je leur parlais de toi, elles trouvaient que j'exagérais. Elles ne le pensent plus. Xavier, je t'aime !

Il voudrait bien retirer son bras, mais elle le retient. La conviction, l'ardeur qu'il voit dans les yeux d'Émilie le terrorisent. Comment se sortir du piège ?

— Au bureau, tu n'as rien remarqué ? Je fais tout pour me signaler à ton attention. Le contrat avec la compagnie jamaïcaine, je ne devais pas m'en occuper, mais quand j'ai su que j'aurais ainsi l'occasion de te parler plus régulièrement, j'ai sauté sur l'occasion.

Xavier sourit, indique qu'il prendrait bien un autre café. Mieux vaut goûter à cette lavasse que de soutenir le regard d'Émilie. Elle desserre à regret son étreinte, mais ne le laisse pas des yeux.

— Ça fait des mois que je voulais te le dire, je ne pense qu'à toi.

Que lui répondra-t-il ? Pendant plus d'une heure, il a baratiné sans vergogne, il a joué à l'écrivain. Un jeu d'enfant. Mais là, comment s'en sortir ? Qu'aurait fait en pareilles circonstances son héros ?

— Tu ne dis rien ? minaude-t-elle.

— C'est que je suis un peu embêté. Comment te dire, je ne suis pas libre actuellement.

Il sait qu'il n'est pas convaincant. Tout à l'heure, devant l'aréopage de commères, n'a-t-il pas avancé tout à fait gratuitement qu'il venait de traverser des moments de dépression causés par une récente rupture ? Ne doit-il pas de toute manière téléphoner à son ex-fiancée avant la fin de la soirée ? Il a promis de passer prendre des livres qui lui appartiennent et dont elle veut se défaire au plus tôt.

— Je ne savais pas, dit-elle, n'essayant pas de cacher sa déconvenue.

— Ces choses-là ne sont pas simples. Rien n'est jamais complètement terminé, tu le sais bien.

— Je ne suis pas pressée. Je saurai attendre. Nous pourrions nous voir de temps à autre. Tu t'habitueras à moi. Je plais aux hommes, tu as dû t'en rendre compte. Au bureau, tiens, Larose voudrait bien coucher avec moi, mais il n'est pas mon genre. Belleau, non plus. Dès que je t'ai vu, j'ai su que tu serais à moi un jour.

Larose aime les garçons et n'en fait pas mystère. Belleau pince les fesses de toutes les femmes qui passent à sa portée. Comment Émilie peut-elle croire qu'elle plaît aux hommes, elle qui a une voix si haut perchée et dont la démarche est presque virile ? Pas son genre en tout cas, vraiment pas. Que va-t-il inventer pour se sortir de ce guêpier ? Tout à trac, il avance qu'il a loué un studio à Montparnasse. Il a demandé une bourse d'écriture du Conseil des arts, l'a obtenue.

— Où à Montparnasse ?

— Rue Vavin, près du Luxembourg, répond-il avec une vivacité qui l'étonne lui-même.

— Tu pars quand ? demande-t-elle, toute déconfite.

— Dans un mois.

Elle paraît réfléchir, lance :

— Et si je t'accompagnais ? J'en ai les moyens.

Elle raconte qu'elle a un peu d'argent à la banque, qu'elle encaisserait même au besoin certaines valeurs boursières.

— Vaut mieux pas.

Il dit qu'il veut écrire et que pour cela il a besoin de solitude. Il en profiterait aussi pour se refaire une carapace. Cette liaison l'a usé.

— Au bureau, ils le savent ?

— Ils le sauront demain.

Xavier se rend compte qu'il est allé trop loin. Il n'a jamais demandé de bourse. Il ignore même comment il s'y prendrait pour en obtenir une. Quitter Montréal, il n'en est pas question. Son travail lui plaît bien. Mais alors ? Comment réussir à éclaircir l'imbroglio ? Un personnage de Feydeau, voilà ce qu'il est.

Qui des deux est le plus saugrenu, Émilie qui croit plaire aux hommes ou lui avec sa foi dans l'écriture ? Il prend la main d'Émilie, elle se met à pleurer.

— Tu veux venir chez moi ? Juste une fois, juste une fois ?

Xavier sait qu'il n'aura pas la force de refuser.

Le bonheur perdu

Tout se défait, pensais-je, tout s'éloigne…

YVES BONNEFOY

Il n'est pas rare que, me rendant à un concert, je tombe sur une ancienne connaissance. J'ai été journaliste, j'ai un peu bourlingué. L'âge venant, je sors peu. Ma femme et moi n'aimons plus tellement le commerce du monde.

Seule la musique m'entraîne parfois à déserter notre appartement. Ce soir-là, Sylvie ne m'avait pas accompagné. La musique de chambre n'est pas son fort. De surcroît, on présentait la création d'un quatuor pour instruments à vent d'un jazzman. Le meilleur moyen d'éloigner Sylvie, dont les goûts ont plutôt à voir avec l'art lyrique. Pour dire vrai, je n'avais accepté l'invitation de Marc-André, critique musical au journal qui m'employait jadis, que parce que son fils, clarinettiste sans grand talent, était l'auteur dudit quatuor.

À la suite de je ne sais quel contretemps, il avait fallu faire la queue pendant une bonne demi-heure avant qu'on ouvre les portes de la salle. J'avais été tenté de prendre la poudre d'escampette. Mais une promesse est une promesse, je ne voulais pas décevoir Marc-André. Son fils était l'amour de sa vie. Combien de fois ne m'avait-il pas bassiné en me parlant de ses qualités, combien de fois ne m'avait-il pas fait le récit de ses faits d'armes ? Son Julien avait un talent plus que modeste, je ne le savais que trop, mais comment oublier qu'à sa naissance, Marc-André était fou de bonheur et qu'il n'était jamais revenu de la joie d'être père ?

On ouvrait enfin les portes lorsque je sentis la pression d'une main sur mon épaule. Je me retournai. Qui était donc ce vieillard au visage bouffi qui me tutoyait ?

— Tu ne me reconnais pas ?

Je ne reconnaissais ni la voix ni le visage.

— C'est moi, Jacques !

Ce vieillard, c'était donc le vieux copain avec qui, il y a une bonne trentaine d'années, je partageais une passion pour les armagnacs hors d'âge et les discussions interminables sur des sujets de politique internationale. Il avait été nommé à Paris, avait été en poste à Londres, nous nous étions perdus de vue. J'avais appris qu'il buvait maintenant plus que de raison. Il n'avait jamais su s'arrêter. Comment expliquer autrement qu'il ait été viré de la plupart des salles de rédaction du Québec ?

— Tu aimes la musique contemporaine maintenant ? me demande-t-il.

Il parle toujours rapidement, escamotant une consonne au passage. Je deviens sourdingue, Sylvie voudrait que je me munisse d'un appareil. Je l'entends mal. Mais quel âge peut-il bien avoir ? Soixante-huit ans, probablement. Jamais je n'aurais cru qu'il puisse se rendre jusque-là. Il y a eu l'alcool, mais aussi la poudre.

— C'est à cause de Marc-André. Marc-André Muldor, ça te dit quelque chose?

On nous bouscule un peu, l'ami ne bouge pas.

— Si je me souviens! Il nous a assez cassé les pieds avec son rejeton. Tu te rappelles son premier microsillon? Une merde. Du compte d'auteur. Marc-André en avait distribué plusieurs exemplaires dans la salle. Attends que je te donne le titre. *Solfège*, non? *Harmonie*? D'un ennui profond, prétentieux en plus. Le jeune homme ne portait pas à terre. Il n'a pas dû changer vraiment. Le père, lui, est complètement dingue. Tu sais qu'il songe à se convertir à l'islam?

Je me suis laissé entraîner assez facilement vers un bar où Jacques a ses habitudes. Nous sommes attablés depuis à peine une demi-heure, il a déjà éclusé deux cognacs, en a commandé un troisième.

— Qu'est-ce qui se passe, tu ne bois plus? dit-il en remerciant d'un coup de tête la serveuse au profond décolleté qu'il dévisage de façon insistante.

— Plus tellement, non.

— Elle n'est pas mal, la petite, non? Si j'étais plus jeune! Tu ne bois pas, alors qu'est-ce que tu fais?

Je réponds que je perds mon temps de la façon la moins idiote possible. Jacques a raison, il n'aurait aucune chance avec cette femme. D'ailleurs, a-t-il connu tellement de bonnes fortunes? À l'âge que nous avons, tout est dit. On me répète souvent que je suis nostalgique. C'est faux. Pour moi, il n'y a pas de paradis perdu.

— C'est que tu n'as jamais tellement cru au bonheur, toi. Je gagerais que tu vis toujours avec la même femme.

— La même, oui.

— Comment elle s'appelle ? Sylvie, non ?

— Oui, Sylvie.

— Vous deux, comment ça se passe ?

— Plutôt bien.

— Dire que c'est à des gens comme toi que le bonheur vient ! Tu as passé ta vie, je l'imagine en tout cas, tu n'as certainement pas changé là-dessus, tu as passé ta vie à prétendre que le bonheur n'existe pas, que c'est un leurre. Et tu es là, serein, rasséréné. Moi, je l'ai cherché comme un idiot, le bonheur, j'y ai cru comme pas un, et regarde-moi ! J'ai le cancer, je suis gras comme un voleur, pourtant je suis atteint du cancer. Mais je ne me plains pas. J'ai tout connu des femmes. Tu te souviens de Marie-Ève ?

Quand il parlait des femmes, Jacques était vulgaire. De Marie-Ève, il disait qu'elle était la meilleure tailleuse de pipe qu'il ait rencontrée. Je n'ai jamais supporté cette façon d'évoquer les choses de l'amour.

— Sa langue sur mon gland, jamais je n'ai joui à ce point. À l'heure de ma mort, je m'en souviendrai encore.

Jacques n'a pas perdu l'éclair dans le regard qu'il a toujours eu lorsqu'il évoquait le plaisir sexuel. À l'âge qu'il a, sa lubricité est plutôt dégoûtante. Au fond, il est pitoyable. Quelle femme voudrait de ce gros homme ?

— Pourquoi me parles-tu de Marie-Ève ?

— Comme ça, sans raison. Je ne l'ai fréquentée que quelques mois, tu sais. On m'a dit qu'elle avait épousé un homme d'affaires de Calgary. Une brave fille. Mais il y en a eu d'autres. Je ne suis jamais tombé sur une emmerdeuse. Il faut croire que j'avais un certain talent. Quand je n'arrive pas à m'endormir, je me dis que j'ai eu de la chance. J'ai aimé le corps des femmes, j'en ai profité à l'envi.

Jamais je ne pourrai avancer que j'ai profité du corps de Sylvie. Je l'ai admiré, il n'a jamais cessé de me séduire, j'aime à le considérer comme un mystère, je n'ai pas l'impression de le posséder. Le dominer, la dominer, elle, encore moins. Jacques se rend compte qu'il m'a surpris.

— Le cognac, ce n'est pas tellement indiqué pour moi. Mon médecin me l'interdit. Au point où j'en suis ! Mais dis-moi, je t'ai blessé ? Tu ne changes pas. Toujours aussi prude. Au moins, toi, tu ne m'as pas cassé les pieds avec ton fils. Pas comme Muldor qui ne comprendra pas qu'on ne soit pas allés le saluer après le concert. Imagine s'il savait que nous nous sommes rendus à la porte de la salle ! Il doit être en train d'applaudir comme un imbécile. Nous l'avons échappé belle. Ton fils, justement, comment est-il ?

Je réponds qu'il vit quelque part en Allemagne. Depuis au moins cinq ans, il ne nous a pas donné de ses nouvelles. Sylvie en est inconsolable. Elle croit qu'il nous en veut. Peut-être n'est-il que distrait.

— Et là-bas, il fait quoi ?

Je dis que je n'en sais rien. Pour orienter différemment la conversation, je parle de Schumann. Jacques revient à Mathieu. Il l'a pris dans ses bras, le petit devait avoir un an. Ce n'est pas à Jacques que je vais expliquer qu'il m'arrive souvent de penser que si j'avais touché au bonheur dans ma vie, c'était dans les premières années de mon mariage. Nous étions jeunes, nous avions l'enfant que nous avions désiré. Mathieu était beau, d'une douceur remarquable. Parfois je craignais même qu'il ne soit mal préparé aux duretés de la vie. J'avais tort. Mathieu est plus équilibré que moi. Je n'arrive pas à penser qu'il puisse être désarmé. À quoi s'occupe-t-il à Düsseldorf ?

Dans le bar presque désert, alors qu'il est près de minuit et que la serveuse, qui fait aussi office de barmaid, doit songer à plier bagage, je n'arrive pas à trouver les mots qui consoleraient le vieil ami. Se mettra-t-il à pleurer ? Jadis, dès qu'il avait bu, il avait la larme facile. Que lui dire ? La vérité, ce que j'estime être la vérité ? Certes non. Il a droit au mensonge. De toute manière, admettrait-il qu'il s'est trompé, que les femmes qu'il s'imagine avoir connues, il les a à peine croisées ? Après trente ans de vie commune, que sais-je de Sylvie ? Je ne crois pas qu'il serait souhaitable que je perce le voile qui nous sépare.

J'éprouve tout à coup le vif désir de parler à ma femme. Pourquoi l'ai-je laissée ce soir ? Le concert, je l'ai pourtant raté sciemment. Sans le regretter d'aucune façon. Il nous reste peut-être peu de moments à partager.

— J'ai à peu près six ou sept mois à vivre. Je ne t'embête pas trop ?

Je le rassure comme je peux. Quand la serveuse vient nous annoncer la fermeture du bar, je me sens libéré.

Je ne suis pas bonne

Virginie se laisse tomber sur le canapé-lit. Elle pleure depuis cinq minutes déjà. Des larmes que Thomas ne s'explique pas. Il ne comprend jamais rien. Elle lui en fait souvent le reproche.

Cet après-midi, elle n'a pas jugé bon de s'habiller. En nuisette bleu pâle, elle serait superbe si ce n'était des cernes sous les yeux. Elle a la taille d'un mannequin professionnel. Ne lui manquerait que la prestance. Et puis, un mannequin, on ne s'imagine pas le voir pleurer à tout moment. Thomas est embêté. Rien ne le désarçonne autant que le spectacle d'une femme qui sanglote. En plus, Virginie a craqué à l'instant même où il allait lui communiquer son intention de rompre. Six mois qu'ils vivent ensemble. Pour lui, une éternité.

Mais qu'est-ce qu'elle lui dit tout à coup de façon à peine audible ?

— Je ne suis pas bonne. Je suis méchante. Tu sais ce que j'ai fait ?

Thomas regardait par la fenêtre un couple de pigeons.

A-t-il le choix de ne pas s'approcher ? Les bras de Virginie sont froids.

— Pourquoi tu dis ça ?

— J'ai téléphoné à Marthe.

Comment l'a-t-elle jointe ? Marthe, l'ex-femme de Thomas, dont il s'est séparé il y a deux ans. Où a-t-elle trouvé son numéro de téléphone ?

— J'avais besoin de lui parler. De lui parler de toi. Je me sens si seule.

Un premier réflexe, l'agonir d'injures. Mais elle ne comprendrait pas. Elle s'imagine que leur liaison, c'est pour la vie. Franchir la porte ? Il en serait quitte pour un moment. Après, combien d'appels sans fin, de lettres, de courriels ? Si au moins il pouvait fuir dans un pays étranger pour quelque temps. Avec les dettes qu'il a, la précarité de son job, il ne peut se permettre le moindre déplacement. Il se demande déjà comment il pourra régler le montant de la prochaine pension alimentaire. Marthe lui reproche déjà de lésiner, ne manque jamais une occasion de lui rappeler que leurs deux filles sont de plus en plus exigeantes. Sept et neuf ans, déjà elles se comportent comme des ados à problèmes.

— Comment ça s'est passé ? Elle t'a envoyée paître ?

— Pas du tout.

— Entre femmes, évidemment, ça se déroule autrement. Vous avez fraternisé. Elle t'a comprise, elle. Elle en a même rajouté. Elle t'a dit que j'étais un salaud. Je sais de quoi elle est capable.

— Tu n'y es pas du tout. Elle te défendait. Elle t'aime, tu sais. C'est plutôt moi qui ai été odieuse. Il y a des moments où je perds la tête, où je deviens folle. Je lui ai téléphoné parce que je lui en voulais d'avoir vécu avec toi si longtemps. Je lui ai même dit que tu ne l'avais jamais aimée, que tu étais ravi de ne plus vivre avec elle. J'ai ajouté que nous allions nous marier dès qu'elle consentirait au divorce. Je me suis emportée, j'ai crié. Elle ne m'a pas interrompue. Puis elle m'a appris qu'elle savait depuis longtemps que tu me voyais en cachette, qu'elle t'a laissé partir sans même chercher à te retenir parce qu'elle voulait ton bonheur. Je ne savais plus où me mettre. Je lui ai crié que tu m'avais raconté qu'elle était frigide. J'ai été odieuse. Je ne suis pas bonne, je suis méchante.

Thomas se lève, allume une cigarette. Virginie ne tolère pas la fumée, ça lui apprendra. Il aimerait lui dire qu'elle est cinglée, mais elle pleurerait derechef. Elle semble se calmer un peu, s'essuie les yeux avec un mouchoir de papier qu'elle vient de tirer du revers de sa nuisette. Elle n'est vraiment pas mal, Virginie. Dommage qu'il doive l'abandonner. Mais il le faut. Elle déraille la plupart du temps. Marthe lui a déjà dit qu'elle lui trouvait mauvais genre. Les deux femmes s'étaient rencontrées à un vernissage. L'insistance de Virginie ce soir-là, son habitude de tutoyer les gens au premier abord, son rire en cascade. Tout le contraire de Marthe. Cinq fois, Thomas les a comptées, Virginie lui a touché le bras. Elle lui a servi à boire, elle a ri de ses blagues. De retour à la maison, les allusions de Marthe. Il la connaissait déjà, cette mijaurée ? Mais pour qui se prend-elle, cette pétasse ? Une petite grue qui s'imagine que parce qu'elle a un beau cul tout est possible. Comment Thomas pouvait-il s'intéresser à une fille qui raffole des films de science-fiction, qui s'habille comme une pute, qui dit aimer les séries américaines à la télévision et qui… En furie, la pauvre Marthe. Trois mois plus tard, les deux femmes se rencontraient par hasard rue Sainte-Catherine, un jour de tempête hivernale. Sans se regarder. Quant à Thomas, il avait décidé de revoir Virginie.

— Ça s'est terminé comment ? Vous vous êtes mises d'accord pour dire que je suis un minable ? Je le sais depuis longtemps.

— Tu n'y es pas du tout. Nous nous sommes vues hier. J'aime beaucoup ta femme. Elle est racée, intelligente. À côté, je ne suis rien. Elle m'a raconté qu'elle veut mettre sur pied une agence immobilière. Il n'est pas impossible que je m'inscrive à des cours dans ce domaine.

Virginie, agente d'immeubles ! Déjà que Marthe, ce n'est pas évident. Virginie, faire visiter des lofts, vanter un emplacement, parler d'architecture, chanter les mérites d'un quartier, quelle rigolade ! Mais il ne faut pas qu'elle s'imagine qu'il ne l'approuve pas. Dire qu'il voulait prendre congé, il y a à peine une heure. Il lui aurait laissé quelques disques, une dizaine de livres, n'aurait emporté que ses vêtements.

— Tu m'en veux ?

Il dit qu'il ne lui en veut pas. Il ajoute même qu'il ne savait pas qu'elle était si malheureuse. Elle se remet à pleurer.

— Ça ne te contrarie pas que je revoie Marthe ?

Il répond qu'elle peut voir qui elle veut. Ce n'est que lorsqu'ils se mettront au lit vers minuit que, ne pouvant trouver le sommeil, il se dira que Virginie n'est pas aussi naïve qu'il le croyait. Elle a raison, elle n'est pas bonne. Dangereuse même. Que lui a appris Marthe ? Que va-t-elle lui apprendre plus tard ? Des indiscrétions sur son compte, elle pourra en révéler des tas. On ne vit pas plus de dix ans avec une femme sans qu'elle sache tout de soi. Que racontait Virginie dans son cauchemar tout à l'heure ? N'a-t-elle pas dit qu'elle l'aimait assez pour le tuer s'il la quittait ? Il se donne une semaine pour lui faire admettre la fin de leur liaison. Marthe réussira peut-être à la consoler. Entre femmes, on se comprend.

La mort

Toujours sentir la mort, sans participer à aucune des religions consolatrices, quelle entreprise hasardeuse et pleine d'horreur !

Elias Canetti, *Le Territoire de l'homme*

À la mort de Marc, j'ai cru que la Terre avait cessé de tourner. Quinze ans ont passé. Il m'arrive d'employer une de ses expressions favorites dans le cours d'une conversation ou de retrouver chez mon interlocuteur une moue qui lui venait aux lèvres à la moindre contrariété. Mais pour le reste, je dois bien l'avouer, tout s'efface.

J'aurai cinquante ans demain. Tout à l'heure, j'ai dîné au restaurant où nous nous sommes donné rendez-vous la première fois. La salle était bondée. On a hésité avant de m'attribuer une table. Une femme seule, ça ne fait pas sérieux. Surtout que le vin ne me va pas ces temps-ci. Mais je devais bien cela à Marc.

Chez Lina, à peine un troquet, Marc toutefois y avait ses habitudes. Cette fameuse première fois, il était contrarié.

Un écrivain venait de lui poser un lapin. Il m'attendait à une table du fond. Je suis myope, j'ai buté sur une chaise. J'ai dû rougir, il m'a regardée d'un air taquin. Tout de suite, je l'ai aimé. J'ai toujours cherché les hommes qui ont de l'humour. Marc en avait. À cette époque, il tenait une rubrique dans un journal à potins. Après avoir vitupéré son invité qui, à l'entendre, écrivait comme un pied et ne devait sa réputation qu'au copinage, il m'a demandé de but en blanc de vivre avec lui. Copain-copain, disait-il. Les amitiés entre hommes et femmes, je n'y ai jamais cru. Je lui ai dit tout net que si je couchais chez lui ce soir-là, je coucherais dans son lit. Il n'était pas laid, plutôt bien fait. Si c'était la baise qui l'intéressait, pourquoi pas ? Je me sentais disponible. Me faire sauter par un beau gars dans son genre, il y avait pire destinée. J'étais libre comme l'air. Mais rien ne s'est passé. Ni ce soir-là ni jamais.

À vrai dire, pendant longtemps je n'ai rien su de la vie sexuelle de Marc. Il était parfois de longs mois sans avoir de petites amies. Chaque fois, c'était la même chose. Au début, il était rasséréné. Personne à qui rendre des comptes, personne à ménager, personne à consoler. Il y avait moi, bien sûr. Mais j'avais compris que mes histoires amoureuses l'ennuyaient. D'ailleurs, je suis vite devenue raisonnable à ce chapitre. Revenons à Marc. Quand la solitude lui pesait, il devenait triste. Il me racontait ses aventures, mais ne me confiait jamais de détails intimes. S'il lui arrivait de me toucher, il s'en excusait. Comme si j'avais été la Vierge Marie en personne. Pourtant, il me tentait. Je me disais qu'il n'était quand même pas possible que, vivant sous le même toit depuis trois ou quatre ans, nous succombions pas un jour à la tentation de nous connaître. Je faisais quelques allusions, lui disant par exemple que la présence d'un homme dans mon lit me manquait parfois, il baissait la tête, changeait de pièce. À cette époque, je n'étais quand même pas mal. Mes seins étaient fermes, ma taille bien dessinée. Les hommes se retournaient sur mon passage. Il y avait aussi ma façon de regarder mes interlocuteurs droit dans les yeux jusqu'à ce qu'ils baissent les paupières. Un jour, Marc y est allé franchement. Il m'a dit que j'étais une fille bien, même très bien, mais qu'il n'était pas question pour lui de faire l'amour à une femme. J'en ai été renversée, moi qui me vantais de pouvoir détecter un homosexuel au premier regard. Quelle idiote j'étais. Le premier choc passé, je me suis mise à tenir davantage à Marc. Peu de temps après, il devenait chef d'antenne à la télévision. Je ne mentionne ce détail que pour une raison. À l'écran, il paraissait légèrement maniéré. Pendant plus de trois ans, je n'avais donc rien remarqué. Ses gestes, ses sourires, sa façon de s'adresser à ses collègues féminines, tout cela était le fait d'un homophile. La belle affaire, ça ne me dérangeait en rien, au contraire. Marc était vraiment devenu un ami.

Plus je vieillis, plus je me dis que l'amitié que j'avais pour lui tenait à peu de chose. Qu'en était-il de sa part ? S'il avait vécu plus longtemps, m'aurait-il larguée ? Déjà, les dernières années, il se montrait plus distant. Je m'en étais doutée. Un jour il m'a annoncé qu'il prenait une sabbatique et que, à son retour d'Égypte, il vivrait seul. Je m'en étais doutée parce qu'il s'était montré plus réservé depuis quelque temps, ne me racontant plus ses déboires amoureux.

Quand je le retrouvais à l'occasion d'une soirée au restaurant, Chez Lina toujours, il était merveilleux. Un frère, un vrai. S'il m'apercevait dans un lancement ou un cocktail, il m'accueillait à grands cris. Cette exubérance m'énervait. Malgré tout, je suis une fille réservée. Cinq minutes après être tombée sur lui à un vernissage, il m'attirait à l'écart. Il venait de rompre avec un jeune éphèbe. Il était détruit. L'oreille compatissante dont il avait besoin, je l'avais. Pour cet usage, je n'ai pas mon pareil.

Pourquoi s'est-il donné la mort une année plus tard ? La défection du jeune machiniste qu'il avait connu sur un plateau de télévision ? Je ne crois pas. Marc ne croyait tout simplement pas à la vie. Parfois, je me répète les propos qu'il me tenait, je le revois, l'air évasif, l'œil vague. Il disait souvent : « Tu ne trouves pas que je suis un triste sire ? » Et il partait à rire bruyamment.

Il y a belle lurette que je parviens difficilement à revoir son visage d'une façon nette. Le décrire aux fins d'une enquête policière, j'en serais bien incapable. Tout est flou dans mon souvenir, à l'exception peut-être de son front très dégagé. Il disait aussi : « J'ai un beau crâne d'intellectuel, non ? »

Marc a été pour moi une chance inouïe. Ces années-là, je ne m'inquiétais pas tellement de l'avenir, j'avais la sottise de croire que j'aurais des enfants, trois ou quatre, je le répétais à qui voulait l'entendre. L'espoir m'a quittée peu à peu.

Cinquante ans demain, des années que je vais au lit seule. Si Marc était là, il tenterait de me consoler, j'en suis sûre. Il me chuchoterait que les hommes sont trop idiots pour aimer les femmes dans mon genre. Pourquoi s'est-il flingué, lui qui avait si peur de la mort ? J'allais l'oublier, il disait souvent que j'étais une chouette fille. Il m'arrivait de le croire.

Un chat

Personne ne me fera croire qu'on peut atteindre un certain âge sans traîner derrière soi quelques remords. Ainsi moi, petit vieux à l'air plutôt rassurant, je ne peux apercevoir un chat sans me rappeler une vilenie dont je me suis rendu coupable il y a bien quarante ans.

Nous venions, ma femme et moi, d'emménager dans une maison à Saint-Lambert. Je l'avais achetée sur un coup de tête. Ma femme la trouvait trop cossue, j'estimais que nous avions les moyens de l'entretenir. Une demeure princière, disait Élisabeth pour se moquer. Très gentiment, d'ailleurs, car nous nous adorions. C'était de ma part une lubie, j'avais des revenus fluctuants, l'hypothèque qui la grevait était lourde, mais nous nous en sortirions, croyais-je. Nous n'avions qu'à mettre fin à nos petits voyages en Gaspésie et à nos séjours prolongés en Nouvelle-Angleterre.

Le premier mois d'installation à peine écoulé, je me rendis compte que j'avais fait une erreur. Les fondations étaient fissurées, le toit prenait l'eau, le voisin de gauche nous pompait l'air avec sa scie circulaire, celui de droite écoutait la radio à tue-tête et, surtout, je venais de rater un contrat important. L'agence de publicité qui avait recours à mes services depuis ma sortie de l'université menaçait même de me congédier. Je n'avais pas encore trente ans, je n'avais pas l'habitude des revers.

Pour une raison que je ne m'explique pas encore, je me mis à prendre en grippe notre matou. Je l'avais baptisé Vilain par dérision. Il était le plus aimable des minets, toujours à ronronner, aimant à se frotter contre mes jambes. Élisabeth l'acceptait à peine. Pas seulement à cause de ses longs poils qui la faisaient éternuer dès que, l'automne venu, il fallait fermer les fenêtres. Il en avait été de même dans notre tour d'habitation du centre-ville. Le déménagement n'avait rien arrangé.

Je devais filer un mauvais coton puisque rien ne justifiait que je m'en prenne à cette bête qui, loin de me causer le moindre tort, était avec moi on ne peut plus affectueuse. Comme si elle avait senti que j'étais préoccupé.

Cet après-midi-là, un entrepreneur venait de m'apprendre qu'à moins d'effectuer des travaux longs et coûteux, je serais bientôt propriétaire d'une maison délabrée. Peut-être pouvais-je, suggérait-il, avoir recours à des poursuites judiciaires pour refiler la note à l'ancien occupant des lieux. Non seulement j'avais peur des grands procès quels qu'ils soient, mais celui qui m'avait refilé l'épave dont j'étais devenu acquéreur était retourné vivre au Caire. De toute manière, alléché par un prix de vente qui paraissait avantageux, j'avais renoncé à toute garantie juridique. Emballé par son aspect extérieur, enchanté de la division des pièces, voyant déjà comment je meublerais mon bureau et ma salle de musique, j'avais même renoncé à faire inspecter mon petit château au préalable.

Bref, je m'étais conduit sottement. D'autant plus que la maison était sombre, mal orientée. Il fallait allumer dès la fin de l'après-midi. On n'était pourtant qu'au début septembre. Élisabeth n'arrêtait pas de me narguer. Elle était belle, ma maison, disait-elle, preste à relever le moindre de ses défauts. Et des défauts, nous en trouvions tous les jours.

Même Vilain semblait malheureux du nouvel ordre des choses. Lui, si enjoué habituellement, arpentait les pièces de notre nouvelle demeure comme s'il était convaincu qu'il n'y aurait jamais ses aises. Quand je l'approchais, il émettait parfois un grognement. Je n'ai pas mis longtemps à le détester. Comme si je voulais lui imputer la responsabilité de mes malheurs. Il fallait que je me débarrasse de Vilain.

L'amener chez un vétérinaire qui lui injecterait une dose létale, j'y ai songé. Mais je savais trop bien qu'Élisabeth s'y opposerait. Elle avait beau détester les chats, elle ne leur voulait aucun mal. Pire encore, elle m'en aurait voulu des frais ainsi engagés. Je n'arrêtais pas de geindre au sujet du gouffre financier que j'appréhendais.

Il ne me restait qu'une solution, me défaire autrement de cette bête. Profitant de ce qu'Élisabeth allait chez son coiffeur, j'ai sorti la cage que j'utilisais lorsque nous devions partir pour un long trajet en auto. En un tournemain, j'ai saisi Vilain. Lui, d'habitude si sage, s'est débattu, m'a griffé. Fou de colère, j'ai rabattu le clapet sur une de ses pattes. Il a hurlé de douleur.

En moins de temps qu'il n'en faut pour le dire, je suis monté dans l'auto. Déjà, je me sentais coupable. Je ne savais que trop que le plan que j'avais en tête était odieux.

Abandonner cet animal en pleine campagne, dans un lieu inconnu de lui, c'était à n'en pas douter une ignominie. Jamais de ma vie je n'avais agi ainsi. Il fallait que je sois devenu cinglé. Je roulais à une vitesse folle, brûlant quelques feux rouges, négociant les courbes de façon bêtement audacieuse, comme si j'avais eu une horde de bandits à mes trousses. Vilain s'était mis à miauler. Quand un bouchon m'obligeait à m'arrêter, je lui parlais doucement, je me comportais comme si je le conduisais à une animalerie pour un quelconque toilettage. Il suffisait pourtant que j'aie la voie libre pour que je fonce comme un forcené. Au fond de moi, je souhaitais qu'un policier sorti d'une auto-patrouille me fasse signe. Lui seul pouvait m'empêcher de commettre une saloperie.

Je finis par m'arrêter le long de la route. Un champ de maïs, voilà qui ferait l'affaire. Les enfants du fermier découvriraient Vilain, l'adopteraient. Quand je déposai la cage non loin de l'accotement, je jetai un dernier coup d'œil à Vilain. Il s'en est fallu de peu pour que je renonce à mon projet. J'avais déjà lu qu'en pareilles circonstances, les bêtes devinent tout. Vilain me jugeait. Ce qui ne m'a pas empêché de marcher jusqu'à l'auto, d'y monter et de démarrer.

À peine étais-je rentré à la maison qu'Élisabeth m'annonçait :

— Je n'ai pas vu Vilain de l'après-midi.

— Ça lui arrive de nous fausser compagnie, non ?

— Il est comme moi, il n'aime pas beaucoup notre nouvelle maison.

— Élisabeth, je t'en prie.

— Et qu'est-ce que tu as décidé pour les travaux ?

Je lui ai répondu que les ouvriers seraient à pied d'œuvre dès la semaine suivante.

— Tu aurais pu me demander mon avis.

— Tu n'aurais jamais accepté.

— Ce n'est pas une raison, et tu le sais bien.

Je suis alors entré dans une colère idiote. C'est toujours ainsi quand j'ai tort. Pour me calmer, j'ai décidé de faire une balade en auto. Justement en direction du champ au bord duquel j'avais abandonné Vilain. Je savais exactement où se trouvait la ferme. Et puis j'avais honte de mon geste. Ce n'était vraiment pas la faute du chat si j'avais acheté cette masure. Quel homme cruel je pouvais être parfois ! Élisabeth n'avait pas tort de me le reprocher quand elle en avait contre moi. D'ailleurs, je lui annoncerais le soir même que, les réparations effectuées, je me départirais d'une bicoque que je n'aimais pas plus qu'elle ne l'aimait elle-même.

La cage était toujours là où je l'avais laissée. Mais ouverte. L'avais-je mal fermée ou avait-on tout simplement choisi de libérer Vilain ? Aller sonner chez l'habitant, il n'en était pas question. Que pouvais-je expliquer qui ne trahisse pas ma vilaine action ? Sur le chemin du retour, je me suis mis à penser à ces histoires de bêtes domestiques qui reviennent à leur habitat au bout de plusieurs jours. S'il fallait que mon chat, auquel je ne pensais plus du reste sans avoir les larmes aux yeux, réapparaisse chez nous, quelle ne serait pas ma honte ! Au point où j'en étais, tant pis pour moi, je l'aurais bien mérité.

Je ne savais pas encore qu'Élisabeth me quitterait le jour même. Pour mettre au point la stratégie qui me permettrait de faire comprendre à ma femme qu'il était plus sage de tourner la page et d'oublier l'erreur que j'avais commise en achetant cette maison de malheur, je m'étais arrêté au bar d'un hôtel. Pas plus que maintenant je n'étais alors alcoolo, mais il m'avait semblé qu'un verre de scotch mêlé de glaçons m'aiderait à peaufiner ma tactique.

Il devait bien être huit heures lorsque je rentrai. Sur la table de la cuisine, bien à la vue, je trouvai une note : « Tu aurais dû penser que Vilain portait un collier, et que sur ce collier notre adresse était indiquée. On vient de me rapporter ton chat. Je crois qu'il est plus en sécurité avec moi. Ne cherche pas à me revoir, ce n'est pas la peine. »

Je n'ai jamais plus eu de chat. Ni de maison. Pour ce qui est des femmes, tout dépend des circonstances. Élisabeth avait raison, on n'est pas en sécurité avec moi.

L'enfant que j'étais

N'est-il pas vrai que nous avons quelque part au fond de nous la nostalgie du temps lointain où on nous véhiculait, chaudement couverts dans la froide saison, protégés du vent et de la pluie par la capote de toile dépliée au-dessus de nos têtes?

LOUIS CALAFERTE, *Écriture*

— Vois comme le monde est beau!

Mon fils aime taquiner. Il se moque souvent de ce qu'il appelle mon pessimisme. Très doucement. Je me suis mis à rire. J'aurais pu tout aussi bien pleurer. Samuel a vingt ans. Depuis trois mois il vit avec Emma. Ils ont à peu près le même âge. Quand il l'a rencontrée, elle était mère d'un bébé d'un an. Samuel est aux petits soins avec Jérémie. Il le promène dans une poussette qu'il a dénichée à la boutique de l'Armée du Salut ou il le porte dans un sac ventral.

Ils sont émouvants tous les trois. Samuel, n'insistons

pas. C'est gagné d'avance. À la mort de sa mère, j'ai compris que je n'avais pas le choix, je devais l'aimer. Les légères anicroches de l'adolescence n'y ont rien changé. Bien sûr, il peut arriver qu'il m'agace par sa naïveté, par la tendance qu'il a d'opter pour la vie en toutes circonstances. La vie, je n'ai rien contre. Tout juste suis-je porté à l'accueillir avec circonspection. Il m'arrive même d'estimer qu'à cinquante ans j'ai assez donné. S'il n'y avait pas le travail, je me demande où j'en serais. J'enseigne la littérature à des étudiants qui sont parfois à mon écoute. Je ne me plains de rien, toujours étonné qu'on ne me chahute pas.

— Mais oui, le monde est beau. Regarde Jérémie, il est magnifique, non ? Déjà cinq dents. Il marche, il nous sourit, il babille.

À vrai dire, si j'ai accepté l'invitation de Samuel, ce n'est pas parce que je souhaitais l'entendre chanter l'extase de vivre. Au contraire, je serais plutôt inquiet. Comment se débrouillent-ils question argent, mes tourtereaux ? Samuel ne devrait-il pas reprendre ses cours en communication à l'UQAM ? Pour le moment, il bosse quarante heures par semaine dans un dépanneur du quartier. La semaine dernière, l'établissement a reçu la visite de deux camés qui ont raflé à la pointe du revolver le contenu de la caisse, non sans avoir emporté par la même occasion quelques cartouches de cigarettes. Au journal télévé, on a diffusé un reportage tourné quelques minutes après le hold-up. Samuel y apparaissait brièvement, pas perturbé le moins du monde. Comme s'il s'était agi d'un jeu.

— Tu aurais pu y passer !

— Comme j'aurais pu mourir en naissant. Ou il y a six mois.

Il fait allusion au camion-remorque qui a embouti ma Toyota. Je la lui avais prêtée pour son déménagement.

— Emma, qu'est-ce qu'elle en pense ?

Elle a trouvé qu'il était très télégénique. La réponse ne me convainc pas, je sais qu'il est inutile d'insister.

— Elle rentre bientôt ?

Il ne sait pas bien. Après ses cours en techniques infirmières, elle va parfois prendre un pot avec des copines. Je ne peux pas me le cacher, je suis heureux d'être seul avec mon fils. Le petit Jérémie repose dans sa chambre, j'ai Samuel à moi tout seul.

— Tu vas trouver que je ne suis pas très subtil, mais il le faut.

C'est la seule entrée en matière que j'aie trouvée. Samuel n'est pas dupe. Il a même tout deviné. Nul besoin d'être perspicace, je tourne en rond depuis si longtemps.

— Tu vas me demander si j'ai besoin d'argent, non, papa, je ne manque de rien. Dans deux ou trois mois, ce n'est pas impossible, il faudra vêtir Jérémie pour l'hiver. Emma m'en a parlé, mais on verra.

Je suis à bout d'arguments. Ce n'est pas la première fois que j'aborde le sujet. Comment vivre dans une relative aisance pendant que mon fils peine à joindre les deux bouts ? Je veux lui donner de l'argent. Pas un prêt, une offrande. Laisser un chèque sur un coin de table, il ne l'encaisserait pas. Je suis gauche, je ne trouve pas les mots qui conviennent. Je croyais pourtant m'être bien préparé. J'aurais dit qu'il est idiot, qu'il ne sert à rien de garder trop d'argent à la banque, que mes besoins sont de plus en plus limités, alors qu'Emma et lui en auraient meilleur usage que moi, que le temps passe vite et que les années qu'il perd dans un travail insignifiant ne reviendront pas. Des nuits à ne pas trouver le sommeil, à préparer une argumentation convaincante, et j'étais impuissant devant lui, ne sachant que balbutier des âneries.

— Sois raisonnable, Samuel.

— Il a pleuré. Tu l'as entendu ?

Samuel est inquiet. Inutilement. Jérémie doit dormir. Je me lève. Mieux vaut me lever que de m'épuiser à chercher à convaincre mon fils. Je me dirige vers la chambre où dort l'enfant. Samuel me regarde, amusé. Il aime que je m'intéresse au fils d'Emma. La semaine dernière, il m'a dit au téléphone qu'il ne concevait pas que le père de l'enfant, une petite gouape à ce qu'il semble, n'ait jamais manifesté l'intention de le revoir. Je pousse la porte doucement, j'entre sur la pointe des pieds. Jérémie ne dort pas. Il me jette un regard inquiet. Manifestement, ce n'est pas moi qu'il s'attendait à voir. Je lui souris, je bouge mes doigts. Il finit par me sourire à son tour. Je bats en retraite à petits pas.

— Il dort ?

— Enfin, presque.

— Qu'est-ce que tu as, papa, ça ne va pas ?

Il est bien possible que j'aie l'air bizarre. Il m'a semblé tout à l'heure que j'étais à la place de Jérémie. J'aurais tout juste un an moi aussi, un adulte se pencherait sur mon berceau. Tout ce temps écoulé en pure perte. Il y a si longtemps qu'on ne me tient plus pour un enfant. J'ai été le fils de Paul. Ceux qui s'adressaient à moi sans porter attention aux mots qu'ils employaient, qui devaient être bien distraits, ceux-là ne sont plus de ce monde. Tous morts. Je ne suis plus à l'âge où l'on se demande avec trop d'insistance ce qu'on a fait de sa vie. On subit. À peine si on s'efforce d'en tirer le meilleur parti possible. Les petites mains de Jérémie, ses gestes nerveux. J'ai été comme lui. Au fond, n'est-ce pas moi qui ai besoin de sa jeunesse ?

— Samuel, j'aimerais que tu me laisses t'aider.

— Mais pourquoi ?

Ce que je peux avancer, il le sait aussi bien que moi. Je lui ai dit mille fois que, vivant seul, je n'ai plus tellement besoin d'argent, que de toute manière je ne désire plus rien. Mais il se bute. Comme toujours, je le quitterai sans avoir réussi à accomplir la mission que je m'étais assignée.

Emma apparaît bientôt. J'aimerais lui dire qu'elle est superbe. Elle l'est pour Samuel à coup sûr. Dès qu'il l'a aperçue, il est devenu radieux. Mon fils est amoureux. Je bredouille que je dois partir. Emma, l'air de ne pas y croire, demande si c'est son arrivée qui a précipité mon départ. Je proteste. Je me sens inutile. Qui veut de mon argent ? Certes pas Jérémie, qui, de sa chambre, se met à lancer des cris de joie.

Mon frère

— La voilà qui recommence !

C'est de moi qu'elle parlait, la vieille chipie. Je recommence, bien sûr, je recommence. Trois jours que je pleure. Au début, j'étais plutôt calme. Des sanglots, à peine. D'accord, je ne mangeais pas depuis une semaine. Elle ne sait pas ce que c'est, la vieille, que d'être larguée par un homme. Le sien, elle l'a tenu en laisse pendant cinquante ans. Il est beau à voir, la peau blême, la barbe mal taillée, ventripotent, le souffle court. Aujourd'hui, il fait une chaleur écrasante. Ce n'est pas le petit ventilateur que j'ai acheté l'été dernier qui me rafraîchira. Je n'ai pratiquement pas quitté ma chambre depuis que j'ai appris qu'il ne reviendra pas.

Hier, j'ai réglé mon mois. La vieille a empoché mon chèque puis m'a demandé si je resterais chez elle encore longtemps. Comme si elle avait craint que je n'emménage ailleurs. Qu'elle ne s'en fasse pas, je ne bougerai pas d'ici. Mon petit frigo est vide. Il faudra bien que j'achète quelques fruits. Je n'ai plus d'appétit. Quand il m'a dit qu'il ne tenait plus à me voir, tout s'est écroulé. J'avais loué cette chambre pour quelques mois tout au plus. Je croyais que je finirais par le rejoindre dans l'appartement qu'il a, pas très loin d'ici. Il n'a pas élevé la voix. Le plus étonnant, c'est que je n'ai rien trouvé à répondre. Comme si je m'attendais à cette nouvelle. Pourtant, je ne suis pas de celles qui devinent les choses. Quand il m'a demandé, il y a bien deux ans, si j'acceptais de déjeuner avec lui, j'ai été surprise. À l'agence où j'étais stagiaire, il était mon patron. Je ne m'étais même pas aperçue de l'intérêt qu'il me portait. Il me l'a appris. Il était marié depuis un an ou deux, sa femme l'appelait à tout moment. J'étais loin de penser qu'il était disponible. Les hommes mariés, très peu pour moi. Pourtant, je n'ai pas refusé son invitation. À sa façon de me regarder, j'ai tout de suite su ses intentions.

Mon frère va venir tout à l'heure. Depuis qu'il sait que je file un mauvais coton, il ne me laisse pas. Il doit craindre que je ne prenne une trop forte dose de somnifères. Je l'ai déjà fait, il ne l'a pas oublié. La dernière fois, il est demeuré assez longtemps dans les toilettes. J'ai entendu qu'il ouvrait la porte de la petite pharmacie à la peinture écaillée que la vieille a fait installer par son mari au-dessus du lavabo. Peut-être a-t-il jeté quelques comprimés dans la cuvette. Après son départ, je les ai comptés, il en manquait cinq ou six. Il s'en fait pour rien, jamais je ne me suiciderai. Avec la vieille, c'est pareil. Elle me parle parfois comme si j'étais sa fille. Elle me dit que les hommes sont ignobles, qu'ils ne tiennent jamais leurs promesses. Qu'est-ce que le gros suif a bien pu lui promettre ? Il écoute les rengaines de sa femme, ne dit mot ou lance une blague à laquelle il ne paraît pas attacher la moindre importance. La plupart du temps, elle lui ordonne de se taire, et il obtempère. Elle manque rarement d'ajouter qu'elle n'a pas le temps de pleurer à cause d'un homme, qu'il faut payer les taxes qui ne cessent d'augmenter, que bientôt il faudra tout faire redécorer, ma chambre y comprise. Si elle donne suite à son projet, je partirai. Sans aucun doute. J'ai horreur de l'odeur de la peinture, je supporte mal le désordre. La petite étagère en osier, le petit cloisonné bleu acier, le coffret à bijoux en acajou, tout cela, c'est lui qui me l'a offert. Il y a aussi la robe de nuit. Je ne la mets jamais sans penser à lui. Ces jours-ci, du reste, je ne la quitte pas.

On toque à la porte. Ce ne peut être la vieille. Le mercredi après-midi, elle se rend à sa séance de danse sociale. Je l'ai vue partir avec le gros. Sur la piste, ils doivent faire merveille. Je ne bouge pas. C'est leur fils, le taré, qui a dû faire entrer mon frère. L'espace d'un instant, je me dis qu'il me serait facile de ne pas répondre, de faire comme si j'étais sortie. Qu'ai-je à dire à mon frère ? Il insiste, aussi bien lui ouvrir.

Il n'a pas son air habituel. La plupart du temps, il affiche un visage réjoui. Pas comme moi. Aujourd'hui, il a une mine triste qui le fait ressembler à Michel Bouquet.

— Je passais, dit-il, j'ai voulu voir comment tu allais, ma petite sœur.

— À merveille, comme tu vois.

Il s'aperçoit que j'ai pleuré. Pas compliqué de le remarquer, j'ai les yeux rouges. Je viens de le vérifier en jetant un coup d'œil à mon miroir.

— Je n'aime pas que tu crânes. Tu te fais du mal. Tu manges un peu au moins ?

Je réponds que je mange à ma faim. Il n'en croit rien. Je suis maigre à faire peur. Il faudra bien que j'achète une nouvelle robe. Je flotte dans mes vêtements. Me parer, mais pour qui ?

— Carole m'a remis ça pour toi.

Carole, c'est sa femme. Ils sont ensemble depuis vingt ans. Elle ne m'a jamais aimée. C'est réciproque. Je crois donc que c'est lui qui m'offre cette boîte, pas elle. Des chocolats. Belges, dit-il. La boîte est bien ficelée, je ne l'ouvrirai pas devant lui. Je la dépose sur le guéridon tout à côté. Un autre cadeau de l'homme qui vient de me laisser tomber. À vrai dire, avant lui je ne possédais rien.

— Tu n'es pas curieuse de savoir ce que c'est ?

Plutôt que de répondre, je lui demande s'il boirait quelque chose. Robert ne refuse jamais un verre. Cette fois, il préfère s'abstenir.

— Je veux te parler, dit-il.

Me parler vraiment. Je l'inquiète. À me conduire ainsi, à pleurer pendant des jours entiers, qu'est-ce que j'espère régler ? Il faudrait que je m'aère, que je retourne travailler. Pas à l'agence, bien sûr, puisqu'il faut que j'évite le monstre. Il ajoute que les hommes ne sont pas tous si odieux. Il faut que je temporise. Il doit bien exister quelque part un homme qui me comprendra. Je me mets à rire comme une hystérique.

Il se ravise, il prendrait bien un muscadet. La bouteille est ouverte, il se verse un verre. À ras bord. Je lui dis en riant que papa, qui connaissait les usages, n'aurait pas été d'accord.

— Tu penses à lui, parfois ? demande-t-il.

— Souvent. Il m'amusait. Je n'ai jamais rencontré un homme aussi drôle. C'est à cause de lui que nous sommes un peu alcoolos dans la famille, mais quelle importance !

Nous avons tous les deux un verre à la main, nous sourions. Je me sens presque bien.

— Toi, tu lui en veux toujours?

— Mais non, il y a déjà longtemps que je ne lui en veux plus.

Je me mets à penser aux parties de tennis de table que Robert organisait dans le sous-sol de notre maison à Notre-Dame-de-Grâce. Papa était toujours le meilleur. Il nous a aimés. Pourquoi a-t-il fallu qu'il succombe à une crise d'apoplexie, la cinquantaine à peine atteinte? Maman disait qu'avec tout ce qu'il avait bu ce n'était pas étonnant. Sans l'accuser vraiment. Nous l'avons portée en terre l'hiver dernier. Le jour où j'ai su que mon histoire d'amour battait de l'aile.

— J'ai une confidence à te faire. Je ne suis pas aussi heureux en ménage que tu le crois.

Mais qu'est-ce qui lui prend? Il n'a pas à se mettre à mon diapason.

— Qu'est-ce que tu racontes?

— Je n'aime plus Carole. Elle s'en aperçoit. Ce n'est pas que j'aime ailleurs. Elle m'agace, c'est tout.

Il a l'air tout déconfit, le frérot. À partir de maintenant, je suis heureuse qu'il soit là. Comme si sa détresse rendait la mienne plus supportable. Je me sens presque joyeuse. Sans crier gare, j'esquisse une grimace. La même que celle qui le mettait en furie quand nous étions adolescents et que je lui disais que je voulais devenir comédienne. Il dit qu'il m'aime et qu'il donnerait tout pour que je sois heureuse. Je me jette dans ses bras. C'est la première fois depuis des mois que je m'approche d'un homme.

Ça vient du sang

... ne sachant guère qu'être ému — mais je le suis plus que de raison.

MARCEL ARLAND, *Je vous écris*

Tous les matins, Ludovic prend l'autobus 33 qui le mène à la station de métro Langelier. Comme il échelonne ses heures de travail à sa guise — la boîte de comptables qui l'engage est de taille modeste —, il monte immanquablement à neuf heures quatre dans une voiture dont les sièges ne sont jamais tous occupés. Il en profite pour lire un peu.

On est en avril. L'hiver que l'on croyait évanoui est revenu après trois jours de redoux. Tout à l'heure, Ludovic sortira de son cartable une édition bon marché des contes et nouvelles de Maupassant qu'il a achetée hier chez un soldeur de la rue Saint-Denis. Toujours le même. Ludovic est un homme d'habitudes. Depuis le départ de Christine, il ne se gêne pas pour vivre une vie qu'au bureau on qualifie de monotone mais qui lui convient. Des ennuis, le travail lui en apporte suffisamment. Minuscules, il est vrai, pas tellement contraignants, mais il doit se plier à des règles qu'il n'approuve qu'en partie. Que le patron soit un vieil ami du temps du collège rend, il est vrai, la situation plus acceptable.

Ludovic aperçoit une place vacante qui lui convient plus que toute autre. N'est-elle pas dans le sens de la marche du véhicule ? Il n'y a pas non plus d'ado secoué par la musique d'un baladeur. Un siège pour lui tout seul, il n'aura pas à supporter un voisin qui pue l'ail ou la transpiration. Il se dirige vers le siège en accélérant le pas sans qu'il y paraisse trop. S'il fallait qu'une personne âgée ou une femme enceinte fasse aussi mine de s'y diriger, de quoi aurait-il l'air ? Il est vite rassuré. Personne n'est monté dans le bus en même temps que lui. Les passagers paraissent tous endormis.

Ludovic retire le signet de son livre de poche, le pose sur son cartable. Hier soir, il a peu lu. Juste avant de se mettre au lit, au moment où il allumait sa lampe de chevet, il a reçu un appel de Christine. Ils se sont séparés après huit ans de vie commune. Une séparation douloureuse pour lui. Il a beaucoup pleuré. Puis, un matin, tout simplement, il s'est aperçu que le calme était revenu. Au début, il a cru que les choses s'étaient passées plus facilement pour Christine. Après tout, n'avait-elle pas suivi un petit comédien qui avait obtenu un rôle dans un film américain tourné à Toronto ? Elle s'était peut-être imaginé que son amoureux deviendrait une tête d'affiche. Il la comprenait, il la comprend toujours. À côté de lui, le mari si terne, si prévisible, qui ne paraîtrait pas nimbé d'une auréole ?

Christine n'est pas tellement en train, ces temps-ci. Ludovic est même sûr qu'elle venait de pleurer. À sa façon, qu'il connaît bien. De longs sanglots retenus. Elle a dû l'appeler après avoir longtemps refréné son désir. Plus indépendante que lui encore, ne voulant surtout pas paraître le supplier. Le supplier de quoi ? De reprendre leur vie commune ? Certes pas. Il était impossible qu'elle y songe. Et lui, encore moins. Mieux vaut une monotonie assumée qu'une lutte perpétuelle. Pourquoi l'a-t-elle tenu si longtemps au téléphone ? Est-ce parce que son comédien est parti auditionner à New York pour des pubs ? Peut-être. Mais il y avait autre chose. Elle s'est montrée nostalgique, a parlé de leur dernier voyage à Saint-Malo. Avait-il oublié leurs promenades le long de la chaussée du Sillon ? Il était tout de même merveilleux, rappelait-elle, de causer autour d'un plat de fruits de mer. Elle raffolait des bigorneaux et lui des bulots. Se souvenait-il du garçon de restaurant qui les prenait pour des Parisiens ? Des moments qui ne reviendront plus, a-t-il commenté. Elle a dit qu'il était cruel. En riant, il est vrai. Il a été tenté de répliquer qu'au chapitre de la cruauté elle ne laissait pas toujours sa place.

Non mais, qu'attend le chauffeur pour démarrer ? Déjà deux feux verts qu'il rate. Même s'il n'est pas astreint à un horaire rigide, Ludovic ne voit pas pourquoi il arriverait trop tard au bureau. C'est à ce moment qu'il remarque la présence d'une enfant de six ou sept ans sur la banquette qui lui fait face. Elle a un regard apeuré. Pour un peu elle se mettrait à pleurer. Comme Christine hier soir, pense Ludovic. À ses côtés, une adulte, la trentaine avancée. Le visage est sévère.

— En tout cas, je ne te le répéterai pas, je ne vais certainement pas acheter un autre manteau pour te faire plaisir. Celui-ci fait très bien l'affaire !

La voix est ferme. On jurerait que la femme souhaite qu'on l'entende du fond de l'autobus. La petite ne réplique pas. De toute évidence, elle ne veut qu'une chose, descendre au plus tôt pour éviter qu'on les regarde.

Ludovic jette un regard évasif sur le manteau. Il est nettement défraîchi. Du coup, il est du côté de l'enfant.

— Est-ce que je me paye des toilettes, moi ? Des années que j'ai le même blouson. Non mais, où as-tu la tête ?

Ludovic ne parvient pas à reprendre sa lecture. L'enfant se mettra-t-elle à pleurer ? Il voudrait intervenir, faire comprendre à l'inconnue qu'elle déraille, qu'elle est ignoble. Impossible pourtant de dire quoi que ce soit. Sinon, elle l'apostropherait à son tour. Les personnes de ce genre ne demandent pas mieux. Elles veulent toujours prendre les autres à témoin de leurs problèmes. Pour Ludovic, c'est l'inverse qui se passe. Quand Christine lui a signifié son intention de rompre, il s'est tu. Elle lui a reproché sa nature trop renfrognée, elle a insisté sur son manque d'originalité. Avec lui, elle s'ennuyait. Alors que l'autre, le comédien, l'amusait, la faisait rire. À mesure qu'elle énumérait les raisons qui à ses yeux justifiaient la rupture, Ludovic ne pouvait qu'être d'accord. Christine avait conclu en disant : « On n'y peut rien, toi et moi, nous ne sommes pas maîtres de nos pulsions, ça vient du sang. »

Pendant des mois, Ludovic a ressassé cette phrase que Christine a sûrement oubliée. Elle a raison. Tout vient du sang. On a été programmés, nos géniteurs ont joué malgré eux une partie sinistre dont ils ne connaissaient pas l'issue.

— Tu ne dis rien ! Tu boudes encore. Avec tout ce que j'ai fait pour toi !

Elle ne se taira donc jamais, la salope ! Ludovic décide de la dévisager. Elle s'en rend compte, va-t-elle l'interpeller ? Elle le ferait probablement, mais elle doit descendre.

— Tu ne vas pas te mettre à pleurer de nouveau. Ah ! qu'est-ce que j'ai fait au bon Dieu !

Ça vient du sang, pense Ludovic, pourvu que la petite ne soit pas détruite ou, pire encore, qu'elle ne devienne pas comme sa mère, cette harpie. Rien ne l'empêche maintenant de lire. Peine perdue, il ne pense qu'à Christine. Il souhaite que son désenchantement ne soit que passager. Après tout, elle est faite pour le bonheur. Le bonheur, ça vient du sang. Il se sent tout à coup près des larmes.

Une noce

Je ne puis pas encore m'expliquer aujourd'hui, à cinquante-deux ans, la disposition au malheur que me donne le dimanche.

STENDHAL, *Vie de Henry Brulard*

Malgré l'avis de son podologue, Étienne avait marché pendant plus de trois heures. Comme s'il avait voulu braver l'interdit. Il ressentait une vive douleur aux orteils. En cette journée de juillet, le mercure venait d'atteindre trente-cinq degrés. Des centaines de touristes et de banlieusards arpentaient les rues du Vieux-Montréal, beaucoup de familles, des amoureux, quelques clochards.

Et lui, Étienne, qui était-il ? Un garçon dans la trentaine que sa fiancée venait de quitter. Mais qu'avait donc à lui reprocher la douce Florence ? Elle avait eu beau tenter de le rassurer, lui dire qu'elle l'aimait bien et lui représenter qu'elle ne voulait qu'un peu de temps pour réfléchir, Étienne était inquiet. Elle entendait réfléchir, mais à quoi ? Au temps qui passe ? Pas particulièrement, avait-elle affirmé.

Étienne croit que les femmes n'ont pas le même rapport au temps que les hommes. Il évoque « les femmes » comme si son expérience dans le domaine pouvait compter. Pourtant, il n'est pas sot, il devine que jamais il ne viendrait à bout de ce qu'on appelle le mystère féminin. Est-il même souhaitable d'élucider l'énigme, il n'en est vraiment pas sûr. Le difficile, il ne le sait que trop, c'est d'avoir été abandonné à l'orée d'un monde dont il avait à peine soupçonné le merveilleux. Étienne aimait Florence qui ne l'aimait pas.

Face à la place Jacques-Cartier, on a aménagé un espace asphalté dans lequel déambulent des badauds. Un long banc de pierre est inoccupé. Étienne s'assoit. Il enlève ses sandales, constate que l'une de ses chaussettes est tachée de sang. « J'étais un blessé de l'âme, j'en suis un du corps », ironise-t-il. Grimaçant de douleur, il remet ses spartiates.

Pas très loin de lui viennent d'arriver les invités d'une noce. La mariée devrait être rayonnante de bonheur, elle paraît bouder. Un visage bouffi, un embonpoint manifeste, des joues cramoisies. Son conjoint ne paie pas de mine non plus, aussi chétif qu'elle est lourde. Il ne la quitte pas des yeux, elle n'en a que pour sa robe blanche qu'un soupçon de boue a maculée. Étienne se dit que si la mariée n'a pas le cœur à la fête en ce jour, elle ne l'aura jamais. On est à côté de l'hôtel de ville. Peut-on s'y marier ? Avec Florence, il n'a pas été question de ces choses. Elle menaçait de rompre à tout moment, il ne songeait plus qu'à la retenir.

La cérémonie a dû avoir lieu puisqu'il se trouve au moins une vingtaine de personnes qui font cortège aux nouveaux mariés. Un photographe commence à s'affairer, relève la coiffe nuptiale, redresse un pan de la robe, recentre la cravate de l'homme, qui est plus grand qu'Étienne l'a d'abord cru. Le marié, ç'aurait pu être lui. Florence est si belle, les gens la trouveraient magnifique. « Je n'aurais d'yeux que pour elle, j'aurais l'air d'un gringalet, mais quelle importance, je me sentirais appelé à connaître des années de bonheur. » Alors qu'il n'était qu'un pauvre garçon qu'on s'accorde généralement à trouver sympathique, un jeune homme qui, à peine sorti de Polytechnique, a déniché un poste bien rémunéré dans une multinationale de l'électronique, un adolescent attardé qui plaît aux femmes, mais qui n'a pas réussi à convaincre la seule qu'il aime de vivre avec lui. Leur histoire, six mois de rencontres, sans heurts véritables, mais justement Florence le trouvait peut-être ennuyeux ? Elle a peut-être besoin d'une vie autre que celle qu'il peut lui offrir. Elle aime les sports de plein air, elle aurait aimé qu'ils fassent de la planche à voile, du ski nautique. « De quoi aurais-je l'air à tenter de surfer sur une plage de Floride, moi qui suis si maladroit, si preste à attraper une insolation, la peau rougie à côté de jeunes hommes au teint hâlé, aux bras et au thorax musclés ? »

La séance de photos a commencé. La mariée fait la difficile. Elle insiste pour que le petit Grec qui fait office de photographe la prenne en compagnie d'une dame d'honneur. Est-ce bien ainsi qu'on les appelle, ces jeunes femmes qui accompagnent la mariée ? Ça non plus, Florence ne le comprenait pas, comment peut-il vivre à ce point en dehors de la vie de tous les jours ? « Elle doit se demander sur quelle planète je vis. » Peut-être croit-elle au fond que son amoureux n'a pas encore tout à fait accédé au monde adulte ?

Il a cru convenable de lui répéter qu'il souhaitait se marier, fonder une famille. Il parlait même d'avoir trois ou quatre enfants. Il a dû l'effrayer. Florence n'abordait jamais le sujet. Aimait-elle les enfants ? Il n'en était pas sûr. Étienne, lui, est toujours fasciné quand il voit un landau. Il ne manque jamais de s'arrêter dès qu'il aperçoit un bébé ou un bambin. Peut-être Florence trouve-t-elle qu'il est ridicule de se pencher sur une poussette et de sourire à un poupon ? Tout cela est possible.

Celui qui doit être le père de la mariée fait quelques clowneries, imitant le chant du coq. A-t-il déjà pris quelques verres ? Ou tout simplement est-il stupide ? Sa fille a un rire sonore. Suivent deux armoires à glace, à l'étroit dans des vestes bleu foncé. Des parents ou les chauffeurs des hideuses limousines garées le long de la rue Notre-Dame, Étienne ne peut en juger. Au bout d'une demi-heure, tout est terminé. Une autre noce s'installe. Des Asiatiques. Vietnamiens à ce qu'il semble. La mariée, cette fois, est jolie.

Un hurluberlu se met à circuler à bicyclette au milieu des flâneurs, venant bien près de heurter une vieille dame. Étienne songe à l'interpeller. Mais à quoi bon ? Le cycliste a toutes les apparences d'un voyou. Et surtout Étienne vient de penser que Florence aurait bien aimé qu'ils aillent à vélo le dimanche après-midi. Elle avait même insisté. Dimanche prochain, peut-être ?

Le pendentif

Mélanie ne se fait pas d'illusions au sujet du pendentif que sa mère lui a offert. Depuis le départ à la retraite de son père, ses parents voyagent beaucoup. Le bijou — sa mère le lui a-t-elle assez souvent répété — provient d'une joaillerie genevoise de renom. Mélanie est bonne fille, elle l'a accepté avec joie même si elle aurait de loin préféré un collier en sautoir.

Mélanie vient de rompre après une liaison qui a duré sept ans. Je connais bien l'homme qui a partagé sa vie pendant tout ce temps. Sans qu'il soit de mes amis, je l'ai souvent côtoyé. Il travaille dans l'immobilier. À une certaine époque de ma vie, j'avais l'habitude de déménager tous les deux ou trois ans. Sylvio se chargeait de vendre mes appartements et de m'en dénicher d'autres.

Il m'arrivait parfois de rencontrer Sylvio dans des lancements ou des vernissages qu'il fréquentait dans l'espoir d'agrandir sa clientèle. Je m'amusais à le voir évoluer, allant de groupe en groupe, ayant le compliment facile, souriant pour un rien, distribuant, pour peu qu'on se montre intéressé, sa carte professionnelle. Il se plaignait sans cesse de son surcroît de travail, ne prenait que deux semaines de vacances annuelles, toujours vers la mi-décembre. Longtemps, je me suis demandé ce que Mélanie faisait avec lui. Splendide comme elle était, souriante, réservée, intelligente, ne perdait-elle pas son temps avec ce hâbleur professionnel ? Ce n'est pas que Sylvio soit dénué de charme, bien au contraire, son nez est fort il est vrai, mais il sait plaire.

Si je ne vois plus Sylvio, ce n'est pas uniquement parce que j'occupe le même studio depuis cinq ans. Je vis avec Mélanie depuis un mois. Quand elle n'est pas trop déprimée, c'est la fille la plus merveilleuse du monde. Elle peint, vend raisonnablement ses croûtes, enseigne le dessin pour un collège privé. Si j'ai parlé d'entrée du pendentif, c'est qu'il est au centre de notre relation.

Sylvio m'avait donné rendez-vous à son appartement du centre-ville. Un immeuble rénové, avec vue sur la montagne. Tout pour impressionner un petit journaliste dans mon genre. Pourquoi voulait-il me voir ? Je lui avais pourtant dit que je n'avais nullement l'intention de déménager. Il avait insisté, une affaire à me proposer. Une affaire ? Je suis loin de rouler sur l'or. Je verrais bien. Et puis, il y avait Mélanie.

Il était en verve ce soir-là. Trop à mon goût. Je supporte mal les gens sûrs d'eux. Je crois me souvenir qu'il venait de vendre une demeure somptueuse à Westmount. Nous étions dans le living, il n'arrêtait pas de m'expliquer comment il était parvenu à convaincre les acheteurs, un couple d'Américains de Long Island, de profiter de l'aubaine.

Mélanie était apparue dans l'embrasure de la porte. Je la revoyais après au moins trois ans. Ma timidité m'empêche parfois de regarder les gens en face. Allez savoir pourquoi, je me suis senti tout de suite en confiance. Comme si je lui avais parlé la veille. Elle était en beauté, sa robe noire à encolure légèrement échancrée mettait en valeur sa blondeur, une splendeur.

Elle posa une question à Sylvio. Que pensait-il du pendentif? Il allait bien avec sa robe, ne trouvait-il pas? La phrase avait été doucement prononcée. Mélanie semblait craindre l'avis qu'elle recevrait. Jamais je n'oublierai la réponse de Sylvio. Il fit mine de l'examiner, mais sa réponse fut lapidaire.

— Mais non, ma fille, ça ne va pas du tout. Tu ne trouves pas, toi?

Il s'était tourné vers moi. Les situations de ce genre m'ont toujours mis à la torture. Je ne sais plus, j'ai dû répondre que je ne m'y connaissais pas très bien en bijoux. L'attitude de Mélanie était celle d'une enfant comparaissant devant un père autoritaire. Que Sylvio fût carrément machiste, cela n'était que trop évident, mais pourquoi une femme comme Mélanie attendait-elle de lui une approbation? À partir de ce moment, j'ai été fasciné par elle.

— C'est du dix-huit carats, je veux bien, mais ça ne lui va pas. Chérie, tu devrais plutôt mettre le collier de chien qui te va si bien. Tes parents n'ont pas toujours bon goût, tu le sais bien.

Il s'en était fallu de peu pour que Mélanie ne se mette à pleurer. Elle me l'a avoué plus tard. J'ai fait en sorte par la suite de me rendre plus souvent à leur appartement. Toutes les raisons m'étaient bonnes. Une série d'articles sur l'immobilier à Montréal, par exemple, dont Sylvio fut le point de mire. Il ne s'est pas aperçu que seule la présence de Mélanie m'était nécessaire. J'étais alors libre de toute attache sentimentale et je savais que Mélanie était malheureuse.

Un soir que je me rendais à l'appartement de Sylvio, à son invitation, je trouvai Mélanie en larmes.

— Tu sais ce qu'il m'a dit ? avait-elle murmuré d'entrée.

Il était déjà clair pour moi que Sylvio était un goujat. J'avais assisté à des scènes disgracieuses, elle m'en avait raconté quelques autres.

— Il m'a dit que mes toiles ne valaient rien, que je pouvais tout aussi bien les détruire puisque personne n'en voulait. Et que, de toute manière, ni mon enseignement ni ma peinture ne me feraient vivre. À côté de ses revenus, les miens ne comptent pas.

Je m'étais approché d'elle, oubliant que Sylvio pouvait entrer dans la pièce d'un moment à l'autre, et je l'ai embrassée.

— Il prétend que je n'ai aucun sens des réalités. C'est pour ça que je ne le comprendrais pas, selon lui.

— Et moi, tu me comprendrais ?

On ne comprend jamais les autres. Il faut croire qu'il y a des moments où on perd la tête. Je l'avais perdue.

— Peut-être.

Elle avait ajouté que, si elle l'abandonnait, il pourrait la tuer. Il était très violent. Son ex, qui s'était enfuie avec un ancien fiancé, lui avait raconté qu'il l'avait giflée à plusieurs reprises, qu'il l'avait poursuivie pendant des mois, l'épiant à sa sortie du bureau, la menaçant au téléphone.

J'ai revu Sylvio hier. Il déjeunait avec une rombière. Il a le verbe haut. Je n'ai donc pas tardé à apprendre qu'il voulait vendre à la dame un *loft* dans le Vieux-Montréal. Quand il m'a aperçu, il m'a adressé un sourire pas très convaincant. Ce que ce serait, s'il savait que je vis avec Mélanie ! Pour l'instant, il ne comprend tout simplement pas pourquoi je ne le rappelle pas. Il vient à ma table, me raconte qu'il a réduit son train de vie. Un infarctus, puis à l'entendre la certitude qu'il est ridicule de travailler d'arrache-pied.

Je l'écoutais à peine, je ne pensais qu'au pendentif. Mélanie le porte toujours quand elle me sent triste. Elle sait que sa seule vue me réjouit.

À demi-mot

Nous souffrons, chère amie, d'une même terrible maladie dont, pour ma part, je voudrais ne jamais guérir.

HENRI CALET, *Peau d'ours*

Benjamin a parfois cru que l'amitié lui convenait mieux que l'amour. À l'époque de son divorce, il a même relancé d'anciens copains. Aiguillonnée par l'avocat à qui elle avait confié ses intérêts, Laure s'était montrée insatiable. Elle s'était juré de l'acculer au dépôt de bilan. Elle y était presque parvenue.

Laure est décédée peu de temps après. Benjamin a depuis longtemps oublié sa hargne, attentif à se remémorer plutôt les premières années de leur vie commune. Il partage avec Marthe un appartement dans le Vieux-Longueuil. Aime-t-il cette femme ? Il n'en sait rien. Mais enfin, comment appelle-t-on la paix qu'il ressent en sa compagnie, le sentiment d'angoisse qu'il éprouve dès qu'elle s'absente pour quelques heures ?

Ce soir de fin novembre, Benjamin est seul. Il a mis dans son lecteur CD un disque qu'il n'a même pas choisi. Marthe n'a pas rangé les valses de Chopin qu'elle a écoutées hier. Quand elle se sent lasse, rien ne lui plaît autant que la musique romantique. Dans la petite étagère qui contient à peine une centaine de disques, que du piano. Benjamin ne déteste pas Chopin, mais enfin, pourquoi n'a-t-il pas préféré le silence, puisque, de toute manière, il se connaît, il rêvassera plutôt que d'écouter la musique. Impossible depuis quelque temps de rester longtemps attentif, son esprit bat la campagne à la moindre occasion.

En ce moment précis, il songe qu'à cinquante-trois ans il n'a conservé aucun des amis qu'à trente ans il tenait pour indispensables. Louis a été emporté par le sida, Michel n'a pu supporter que ses revenus soient supérieurs aux siens, Pierre vit au Maroc, Adrien lui en veut toujours de lui avoir soufflé Marthe. Tout cela est fragile. Il suffit qu'on néglige de se manifester pendant quelques mois, qu'on ne rappelle pas, qu'on prenne congé trop tôt un soir donné, et l'on se met malgré soi à trouver ennuyeuses des conversations qui, il y a un mois à peine, vous berçaient, et tout est dit.

Ce n'est pas à cause de Chopin ni de Perlemuter, mais Benjamin est visité par la mélancolie. Il pense à des confidences reçues et échangées, à des déambulations le long d'une avenue bordée d'arbres centenaires. L'ami le plus important alors, c'était Marcel. Il est devenu un écrivain célèbre à la ronde. Est-ce à cause de cela qu'il ne lui envoie plus ses livres ? Non, ce n'est pas possible. Il est plutôt passé à autre chose. Quel âge avaient-ils donc alors ? Moins de vingt ans sûrement, ils étaient étudiants à la faculté des lettres, Marcel parlait déjà des livres qu'il écrirait. Benjamin publiait des poèmes dans une revue universitaire. Ils venaient d'ouvrir l'œil, les beautés et les embûches du monde leur apparaissaient dans toutes leurs complexités. Bientôt, ils seraient libres de vivre à leur guise.

La route n'est jamais facile. Une difficulté surmontée, une autre se dessine. Vous connaîtrez bientôt des angoisses dont vous n'aviez même pas idée quelques minutes auparavant. Vous accourrez alors auprès d'une personne, homme ou femme, qui paraîtra vous écouter.

Pour Benjamin, l'amitié en ces temps-là n'était pas autre chose. Si l'ami était en cause, il était prêt à tout. Il aurait trouvé normal qu'il lui téléphone en pleine nuit pour lui faire part de sa découverte d'une symphonie de Mahler ou pour se plaindre d'une déconvenue amoureuse.

Les années ont filé. Benjamin se sent vieux. Que lui apporte ce que les imbéciles appellent l'expérience ? Rien. Il lui arrive de plus en plus souvent de s'éveiller en pleine nuit en proie au désarroi. Marthe paraît sommeiller normalement. Est-ce si sûr ? Peut-être est-elle assaillie par les mêmes démons. Elle n'en parle jamais.

La nuit, les angoisses sont toujours plus grandes. Comme s'il craignait de mourir à l'instant. Il quitte alors son lit, grille une cigarette dans la salle de séjour. Une demi-heure plus tard, parfois un peu plus, il regagne la chambre sur la pointe des pieds. Il n'a plus depuis longtemps le réflexe de se confier à un ami. Plus jeune, il a tellement parlé, il s'est vidé, il a de plus en plus l'impression d'avoir été bavard, d'avoir parlé à tort et à travers.

Ce qu'il faudrait à Benjamin, ce serait une personne

qui, par ses silences complices, ses sourires, une phrase murmurée et pas toujours terminée, parvienne à lui faire oublier que la vie s'achèvera bientôt.

Le téléphone. C'est sûrement Marthe qui lui apprendra qu'elle a un contretemps, qu'elle rentrera plus tard. Il y a quelques mois à peine, il en aurait été contrarié. Il n'empêche qu'il se sent tout à coup bien seul. C'est un mauvais numéro. Des pas dans le couloir. C'est elle. Peut-être.

Table des matières

EXTRAIT DU CATALOGUE

Georges Anglade
Les Blancs de mémoire

Emmanuel Aquin
Désincarnations
Icare
Incarnations
Réincarnations

Denys Arcand
Le Déclin de l'Empire américain
Les Invasions barbares
Jésus de Montréal

Gilles Archambault
À voix basse
Les Choses d'un jour
Comme une panthère noire
Courir à sa perte
De l'autre côté du pont
De si douces dérives
Enfances lointaines
Les Maladresses du cœur
L'Obsédante Obèse et autres agressions
L'Ombre légère
Le Tendre Matin
Tu ne me dis jamais que je suis belle
Un après-midi de septembre
Un homme plein d'enfance

Michel Bergeron
Siou Song

Hélène de Billy
Maurice ou la vie ouverte

Nadine Bismuth
Les gens fidèles ne font pas les nouvelles
Scrapbook

Lise Bissonnette
Choses crues
Marie suivait l'été
Quittes et Doubles
Un lieu approprié

Neil Bissoondath
À l'aube de lendemains précaires
Arracher les montagnes
La Clameur des ténèbres
Tous ces mondes en elle
Un baume pour le cœur

Marie-Claire Blais
Augustino et le chœur de la destruction
Dans la foudre et la lumière
Soifs
Une saison dans la vie d'Emmanuel

Elena Botchorichvili
Le Tiroir au papillon

Gérard Bouchard
Mistouk
Pikauba

Jean-Pierre Boucher
La vie n'est pas une sinécure
Les vieux ne courent pas les rues

Emmanuelle Brault
Le Tigre et le Loup

Jacques Brault
Agonie

Chrystine Brouillet
Rouge secret

Katerine Caron
Vous devez être heureuse

Louis Caron
Le Canard de bois
Les Fils de la liberté I
La Corne de brume
Les Fils de la liberté II
Le Coup de poing
Les Fils de la liberté III
Il n'y a plus d'Amérique
Racontages
Tête heureuse

André Carpentier
Gésu Retard
Mendiant de l'infini
Ruelles, jours ouvrables

Jean-François Chassay
L'Angle mort
Les Taches solaires

Ying Chen
Immobile
Le Champ dans la mer
Le Mangeur
Querelle d'un squelette avec son double

Ook Chung
Contes butô
L'Expérience interdite

Joan Clarke
La Fille blanche

Matt Cohen
Elizabeth et après

Gil Courtemanche
Un dimanche à la piscine à Kigali
Une belle mort

Judith Cowan
La Loi des grands nombres
Plus que la vie même

Esther Croft
Au commencement était le froid
La Mémoire à deux faces
Tu ne mourras pas

France Daigle
Petites difficultés d'existence
Un fin passage

Francine D'Amour
Écrire comme un chat
Presque rien
Le Retour d'Afrique

Fernand Dansereau
Le Cœur en cavale

Edwidge Danticat
Le Briseur de rosée

Louise Desjardins
Cœurs braisés
So long

Germaine Dionne
Le Fils de Jimi
Tequila bang bang

Christiane Duchesne
L'Homme des silences
L'Île au piano

Louisette Dussault
Moman

Irina Egli
Terre salée

Gloria Escomel
Les Eaux de la mémoire
Pièges

Michel Faber
La Rose pourpre et le Lys

Jonathan Franzen
Les Corrections

Christiane Frenette
Après la nuit rouge
Celle qui marche sur du verre
La Nuit entière
La Terre ferme

Marie Gagnier
Console-moi
Tout s'en va

Lise Gauvin
Fugitives

Douglas Glover
Le Pas de l'ourse
Seize sortes de désir

Louis Hamelin
Le Joueur de flûte
Sauvages
Le Soleil des gouffres

Bruno Hébert
Alice court avec René
C'est pas moi, je le jure !

David Homel
Orages électriques

Suzanne Jacob
Les Aventures de Pomme Douly
Fugueuses
Parlez-moi d'amour
Wells

Marie Laberge
Adélaïde
Annabelle
La Cérémonie des anges
Florent
Gabrielle
Juillet
Le Poids des ombres
Quelques Adieux

Marie-Sissi Labrèche
Borderline
La Brèche

Robert Lalonde
Des nouvelles d'amis très chers
Le Fou du père
Iotékha'
Le Monde sur le flanc de la truite
Monsieur Bovary ou mourir au théâtre
Où vont les sizerins flammés en été ?
Que vais-je devenir jusqu'à ce que je meure ?
Un jardin entouré de murailles
Le Vacarmeur

Monique LaRue
La Démarche du crabe
La Gloire de Cassiodore

Hélène Le Beau
Adieu Agnès
La Chute du corps

Rachel Leclerc
Noces de sable
Ruelle Océan
Visions volées

Louis Lefebvre
Guanahani
Table rase
Le Troisième Ange à gauche

Alistair MacLeod
La Perte et le Fracas

Francis Magnenot
Italienne

André Major
Histoires de déserteurs
La Vie provisoire

Gilles Marcotte
Une mission difficile
La Vie réelle
La Mort de Maurice Duplessis et autres nouvelles
Le Manuscrit Phaneuf

Yann Martel
Paul en Finlande

Alexis Martin
Bureaux

Alexis Martin et Jean-Pierre Ronfard
Transit section nº 20 suivi de *Hitler*

Stéfani Meunier
Au bout du chemin
L'Étrangère

Anne Michaels
La Mémoire en fuite

Michel Michaud
Cœur de cannibale

Marco Micone
Le Figuier enchanté

Hélène Monette
Le Blanc des yeux
Il y a quelqu'un ?
Plaisirs et Paysages kitsch
Un jardin dans la nuit
Unless

Pierre Monette
Dernier automne

Caroline Montpetit
Tomber du ciel

Lisa Moore
Les Chambres nuptiales
Open

Yan Muckle
Le Bout de la terre

Pierre Nepveu
Des mondes peu habités
L'Hiver de Mira Christophe

Émile Ollivier
La Brûlerie

Michael Ondaatje
Le Fantôme d'Anil

Eduardo Antonio Parra
Terre de personne

Nathalie Petrowski
Il restera toujours le Nebraska
Maman last call

Daniel Poliquin
L'Écureuil noir
L'Homme de paille
La Kermesse

Monique Proulx
Les Aurores montréales
Le cœur est un muscle involontaire
Homme invisible à la fenêtre

Rober Racine
Le Cœur de Mattingly
L'Ombre de la Terre

Bruno Ramirez et Paul Tana
La Sarrasine

Yvon Rivard
Le Milieu du jour
Le Siècle de Jeanne
Les Silences du corbeau

Louis-Bernard Robitaille
Le Zoo de Berlin

Alain Roy
Le Grand Respir
Quoi mettre dans sa valise?

Hugo Roy
L'Envie

Kerri Sakamoto
Le Champ électrique

Jacques Savoie
Les Portes tournantes
Le Récif du Prince
Une histoire de cœur

Mauricio Segura
Bouche-à-bouche
Côte-des-Nègres

Gaétan Soucy
L'Acquittement
Catoblépas
Music-Hall!
La petite fille qui aimait trop les allumettes

France Théoret
Les apparatchiks vont à la mer Noire

Marie José Thériault
Les Demoiselles de Numidie
L'Envoleur de chevaux

Pierre-Yves Thiran
Bal à l'abattoir

Miriam Toews
Drôle de tendresse

Guillaume Vigneault
Carnets de naufrage
Chercher le vent

MISE EN PAGES ET TYPOGRAPHIE :
LES ÉDITIONS DU BORÉAL

ACHEVÉ D'IMPRIMER EN MARS 2006
SUR LES PRESSES DE L'IMPRIMERIE GAUVIN
À GATINEAU (QUÉBEC).